condições ideais para o amor

*poemas, manifestos
e correspondência
de um poeta-guerrilheiro*

LUIZ EURICO TEJERA LISBÔA

condições ideais para o amor

poemas, manifestos e correspondência de um poeta-guerrilheiro

Antonio Hohlfeldt (organizador)

Editora Sulina

Copyright © Luiz Eurico Tejera Lisbôa, 2022

CAPA E PROJETO GRÁFICO
Cintia Belloc

REVISÃO
Adriana Lampert

EDITOR
Luis Antonio Paim Gomes

Dados Internacionais de Catalogação na Publicação (CIP)
Bibliotecária responsável: Denise Mari de Andrade Souza CRB 10/960

L769c   Lisbôa, Luiz Eurico Tejera
         Condições ideais para o amor: poemas, manifestos e correspondências de um poeta-guerrilheiro / Luiz Eurico Tejera Lisbôa, organizado por Antonio Hohlfeldt. – Porto Alegre: Sulina, 2022.

         192 p.; 14x21cm.

         Contém material iconográfico
         ISBN: 978-65-5759-088-1

         1. Literatura Brasileira – Poesia. 2. História do Brasil. 2. Ditadura Militar. 3. Desaparecidos Políticos – Ditadura Militar. I. Título.

                                        CDU: 21.64(81)
                                                821.134.3(81)-1
                                                          981
                                               CDD: B869.1

Todos os direitos desta edição reservados à
EDITORA MERIDIONAL LTDA.
Rua Leopoldo Bier, 644 — 4º andar
CEP: 90620-100 — Porto Alegre — RS
Tel.: (51) 3110-9801
sulina@editorasulina.com.br
www.editorasulina.com.br

Setembro/2022
Impresso no Brasil/*Printed in Brazil*

A todos os mortos e desaparecidos durante este triste período de nossa história contemporânea.

Esta edição é um registro dos 50 anos do assassinato de Luiz Eurico.

Denunciamos sua morte e celebramos sua vida.

Para que não se esqueça, para que nunca mais aconteça.

Sumário

11 Apresentação | *Luiz Pilla Vares*
13 O despertar de um largo coração | *Noeli Tejera Lisbôa*

Poemas militantes

23 Tempo de decisões
26 Tempo novo
27 Alienação
28 Cabo Arraes
31 Liberdade
32 É hora
34 Louvor com o coração tranquilo
36 Balada de Ham-Li
38 Autocrítica do poder negro
39 Exortação
41 Nova aurora
43 Procuro o homem do povo
46 À camarada que fica
47 Sinal dos tempos
48 Canto em memória de um homem cego e teimoso
50 É longa a marcha
52 Ao Suzico

Poemas da dúvida e da descoberta

57 As rosas do século XX
58 Homicídio
59 1º canto de desespero
60 Apressado homem do século XX
61 2º canto de desespero
62 Patos azuis em meu pensamento

Poemas de amor
67 Poesia x ciência
68 Saudade
69 Impasse
70 Infância
71 Evolução
72 Vera
73 Amor de poeta
74 Simplicidade
75 19 de janeiro
77 Enquadramento
78 Noite singular
80 A poesia do amor-criança
81 Singular instante de tristeza
82 Suzana
83 Rei nu

Manifesto político
89 Resoluções Políticas do Movimento Estudantil Gaúcho

Cartas a Suzana
97 Cartas

Depoimentos
119 Um poeta que se viu obrigado a trocar a pena pela metralha | Antonio Hohlfeldt
136 Ico – a Guerrilha Brancaleone | Cláudio Weyne Gutierrez
144 O denso silêncio do Lisbôa | João Gilberto Null
147 Não choro de pena de meu filho | Clelia Tejera Lisbôa
151 Renascer o Ico a cada dia | Suzana Lisbôa

Anexos
174 Análise pericial – Comissão Nacional da Verdade
185 Mortos e desaparecidos na ditadura militar

Apresentação

LUIZ PILLA VARES[1]

Faz tanto tempo e tão pouco: lembrar uma geração de jovens que ousaram lutar, dói como se os fatos fossem de ontem — mesmo que os rostos se tornem envoltos em nuvens. E esta dor é mais funda ainda quando chegamos a um final de século radicalmente oposto a tudo aquilo que sonhamos. Sonhos que tinham formas concretas e palpáveis: a revolução dos jovens iluminados em Cuba, o Maio de 1968, Vietnã. Uma luta permanente em duas frentes, no Leste e no Oeste. Era preciso escolher: emudecer ou lutar. E centenas de homens e mulheres neste Brasil de ditadores militares ousaram lutar.

Entre eles e elas, estava Luiz Eurico Lisbôa, um belo jovem de pouco mais de 20 anos, que revejo com seu sorriso irônico e sua coragem, na última reunião clandestina em que nos encontramos. As nuvens se dissipam e posso ver com nitidez a sua firmeza na decisão tomada.

Ico optou e se foi para sempre. Tornou-se símbolo de uma luta massiva: todos sabiam que ele havia sido assassinado. Uma morte sem atestado, sem túmulo, sem corpo; uma morte que precisava ser provada; uma morte que, como a sua vida, convidava para a luta; uma morte que se transformava em apelo coletivo: "Anistia!", começaram a gritar milhões em nome de Luiz Eurico e de tantos e tantas brasileiros e brasileiras desaparecidos durante o regime militar. Anistia! — palavra forte que se transformou em força material quando dela se apossaram as massas brasileiras apalpando a liberdade. Sem corpo, sem túmulo, Luiz Eurico, com outros companheiros e companheiras

---

1. Jornalista e escritor (1940-2008).

que a ditadura nos roubou sem qualquer remorso, estava no centro da luta. E conquistamos! As bandeiras foram às ruas, os exilados voltaram, os mortos foram reconhecidos e Luiz Eurico Lisbôa, finalmente, teve seu corpo reencontrado e ganhou um túmulo com seu nome. E como a vida não é apenas luta — luta-se por causas justas e generosas quando se ama —, Ico teve um grande amor em sua vida, uma mulher admirável por sua coragem: Suzana, de grandes olhos tristes e incansáveis, como se buscassem no passado o retorno impossível de um jovem relacionamento que se fixou na eternidade. Sartre disse sabiamente que a história recupera tudo, menos a morte. E se vencemos no reconhecimento de nossos mortos, nas conquistas das liberdades democráticas, não temos o direito de esquecer aquele momento único, irredutível — que não pudemos ver, mas que imaginamos dolorosamente —, do tiro que apagou a vida quase adolescente do jovem Ico. O Ico de Suzana, do Nei, da Noeli. O Luiz Eurico de todos nós. Não esquecemos, nem esqueceremos este passado de chumbo, de amor e de dor, de esperanças desesperadas, da solidão revolucionária do jovem Ico, irmão em sonhos do Che, precursor de um marxismo vivo, subjacente num de seus tocantes poemas, que poderia ser subscrito por Rosa, por Mariátegui e pelo próprio Che:

Renuncio à revolução calculada
milimétrica e friamente
no racionalismo tecnicista
dos 'cientistas'
da transformação social

    Vinte anos depois, reafirmamos o reconhecimento: Luiz Eurico Lisbôa e seus companheiros e companheiras, mortos e desaparecidos, vivem na nossa lembrança. De seus carrascos, guardamos apenas o conhecimento da crueldade.

    Ico, companheiro: até a vitória, sempre!

    Porto Alegre, agosto de 1999.

O despertar de um largo coração
NOELI TEJERA LISBÔA

> *Ninguém tem maior amor do que este: de dar alguém a sua vida pelos seus amigos.*
> João 15:13

O Oldsmobile preto dobrou a curva em direção ao topo do morro. Nem sinal de esforço. O hidramático ia que era uma beleza na subida. Empertigado na direção, o pai, orgulhoso, desfilava o novo carro com a família. As casas finas do bairro Burgo tornavam-se agora mais interessantes. Casas e carro harmonizavam-se em sintonia perfeita. Iniciava a década de 1960, e este funcionário público passeava em seu Oldsmobile de segunda mão, sentindo-se parte integrante da paisagem da zona rica de Caxias do Sul.

Atravessado o Burgo, principiaram a descer o morro pelo outro lado, onde as malocas tomavam conta da encosta. A neblina do inverno caxiense dificultava a passagem do carro pelas ruelas estreitas e tortas, quando, sem saber-se donde, uma pequena multidão de guris, brotados parece que da própria rua, fizeram um corredor. Pedras e paus nas mãos, apedrejaram o carro que os humilhava, desfilando solene em meio as suas casas pobres.

Pernas abertas, firmemente postado à direita da vila, o moleque magro abaixou o braço e buscou uma pedra. Depois, levantou o corpo ágil, mostrando a blusa rasgada de manga curta, por baixo da qual se via a camiseta encardida. A mão suja e roxa do frio girou no alto. Apontou a pedra para a janela dianteira do carro. Mirou. Dois olhos pretos revoltados encontraram-se, então, com dois pretos olhos, perplexos, do menino sardento e gordo, de japona de lã azul marinho do colégio, sentado ao lado da mãe, na frente do carro. O menino da rua sorriu sarcástico. Estirou o braço pra trás. Lançou a pedra.

Luiz Eurico Tejera Lisbôa, o Ico, filho de Eurico de Siqueira Lisbôa e Clelia Tejera Lisbôa, nasceu a 19 de janeiro de 1948, em Porto União, um lugarejo a oeste de Santa Catarina. Pai pobre, mas com sólida formação em Seminário, mãe dona de casa, ambos gaúchos, foi o primogênito de sete irmãos. O pai, paradoxalmente, à medida que fazia filhos, prosperava na vida. Trocou de empregos até que, como concursado, foi nomeado fiscal do antigo IAPI. Nessa atividade, morou em várias cidades de Santa Catarina até que, de volta ao Rio Grande, se estabilizou em Caxias do Sul.

Era verão de 1957. Luiz Eurico já tinha quase nove anos e muita estrada por Santa Catarina: Porto União, Caçador, Tubarão, Itajaí e Florianópolis. Em Caxias, a família de classe média instalou-se numa ampla casa, de vasto pátio, na rua Andrade Neves. Foi aí que Ico desenvolveu suas melhores habilidades à época: fabricante de pandorgas, fundas, arco e flechas, campeão de botão de mesa, colecionador de gibis e autointitulado sofredor do Grêmio. Mais tarde, trocaria de time por conta da cor e do nome: Internacional.

Como todos seus irmãos, foi estudar em escola particular. Primeiro, o colégio Santa Terezinha. Depois, o Nossa Senhora do Carmo. Família extremamente católica e conservadora, tudo indicava que aquele guri inteligente, estudioso e apaixonado pela leitura, seguiria o caminho tantas vezes apontado pelo pai: pelo esforço, vence-se na vida.

Mas tinha a tal da pedra no meio do caminho. No meio do caminho, tinha mesmo a pedra.

Plantado em meio à vila que costeava o Burgo, em Caxias, o moleque, de aproximadamente doze anos, levantou seu olhar revoltado e sorriu sarcástico para o guri gorducho, também nos seus doze anos, bem instalado na frente do carro. Sorriu. Mirou. Lançou.

E errou o alvo.

Errou? A pedra, destinada a estilhaçar o vidro, bateu na lateral do carro, mas o olhar do menino acertou em cheio o coração de Luiz Eurico.

Por quê? Foi o que perguntou ao chegarem em casa. Por quê? Foi o que se perguntou durante os anos seguintes, uma vez que a resposta do pai, plena de desprezo pelos favelados, não o satisfez. Por quê? Era o que se perguntava ainda três anos depois, quando, sozinho, elaborou um manifesto contra a ditadura que se iniciava e, desavisadamente, o assinou. Já então vestia o blusão vermelho do curso clássico da escola pública Cristóvão de Mendonça. Na ingenuidade dos seus 15 anos, e num ambiente familiar sem qualquer tradição política, não podia supor que sua atitude teria consequências graves. Acuado por um professor que, dizendo-se policial, ameaçou prendê-lo caso repetisse a façanha, fugiu para Porto Alegre, escondendo-se na casa de um tio.

Pouco depois, no início de 1965, a família muda-se para a capital. É aí, em Porto Alegre, no curso clássico do colégio Júlio de Castilhos, que Luiz Eurico inicia, definitivamente, sua militância na política estudantil.

A militância, de cara, lhe traz problemas. Expulso de casa pelo pai, vai para Santa Maria, onde presta vestibular, ingressando na Faculdade de Economia da Universidade Federal. Integra a JUC (Juventude Universitária Católica) e, daí, para a AP (Ação Popular) é um passo.

Retorna novamente a Porto Alegre, em meados de 1967, com a separação dos pais. Integra, então, a direção da UGES (União Gaúcha dos Estudantes Secundários). É como dirigente da entidade que recebe um abaixo-assinado dos alunos do Júlio de Castilhos pela reabertura do grêmio estudantil. O grêmio é instalado em uma barraca na frente do colégio, concentrando os estudantes em assembleia permanente. Os dirigentes da UGES são presos; Luiz Eurico e Cláudio Gutierrez indiciados em IPM (Inquérito Policial Militar).

Num curto espaço de tempo, que vai de 1966 a 1969, marcado por profundas alterações em todo mundo e, de modo particular, no Brasil, pelo recrudescimento da ditadura militar, Luiz Eurico passou pela direção estadual do PCB (Partido Comunista Brasileiro), pela Dissidência do PCB e participou, ainda, da criação dos primeiros movimentos gaúchos a buscarem uma alternativa para enfrentar a onda de violência que marca a ditadura a partir do Ato Institucional nº 5, em fins de 1968: o 21 de abril e o Exército Brancaleone.

Com o aumento da repressão ao movimento estudantil e operário, a luta armada, como opção de enfrentamento ao regime militar, começa a tomar força entre a juventude. Ico ingressa, primeiramente, na VAR-Palmares (Vanguarda Armada Revolucionária), integrando sua direção; depois, passa para a ALN (Ação Libertadora Nacional), dirigida por Carlos Marighella.

É aí na ALN que ele se encontra militando em 1969 quando, casado com Suzana Lisbôa, trabalha como escriturário do SENAI. O processo no IPM já era passado. Ico e Gutierrez haviam sido absolvidos por unanimidade na Auditoria Militar Estadual. A ditadura sabia, porém, que ambos continuavam militando e, agora, de forma mais efetiva. E, para prendê-los, não hesita em utilizar seus costumeiros métodos. Numa grosseira falsificação dos prazos de recurso, recorre ao Superior Tribunal Militar. Luiz Eurico e Cláudio Gutierrez são condenados, em outubro de 1969, a seis meses de prisão pela tentativa de reabertura do grêmio do Julinho.

A notícia é publicada no Jornal Correio do Povo antes do mandado de prisão. Conscientes dos métodos empregados pelos militares para arrancar informações de seus prisioneiros, ambos fogem. Ico tem 21 anos quando parte com Suzana, então com 18, passando a fazer parte da imensa lista de jovens que, temerosos das práticas de um país vivendo às margens da justiça, são obrigados a optar pela clandestinidade.

Nos dois primeiros anos, manda escassos bilhetes para a família, por mensageiros desconhecidos, sem que nunca se saiba ao certo seu paradeiro. Em 1971, porém, decide voltar a Porto Alegre na tentativa de reorganizar a ALN no estado. Fica clandestino no Rio Grande do Sul até setembro de 1972, quando viaja para São Paulo e desaparece.

Desaparece.

Esses oito anos de militância, interrompidos de forma violenta pela brutalidade da ditadura militar, em setembro de 1972, trazem em si a marca de uma geração que, jogada contra a parede pelo autoritarismo de um governo imposto, decide mudar os rumos da nação, empunhando suas fundas contra as forças armadas.

Essa militância traz também, contudo, a marca pessoal de Luiz Eurico. O rapaz, agora magro, trocara a cara redonda do menino sardento por um rosto de aspecto grave, onde dois olhos negros penetrantes se destacavam na pele clara. Luiz Eurico era sério, quase tímido. Vez por outra, o sorriso se abria irônico, meio de lado. Era resumido nos gestos; incisivo, na fala; decidido, no ato.

O que diferenciava, afinal, este rapaz de tantos outros que com ele militaram? A gravidade. A clara rejeição de laços que não outros os que se pode estabelecer com toda a humanidade. Luiz Eurico não tinha família. Seu universo era amplo demais para a vida familiar. Andava pela casa com o mapa do Vietnã, estudando a guerra, os movimentos dos vietcongues, com a mesma fraternidade, a mesma proximidade e o mesmo interesse de quem discutisse aspectos importantes da vida nacional, ou mesmo a movimentação dos militantes na luta contra a ditadura, ou sua própria vida pessoal.

Esta densa concentração na vida dos outros exigia um rigor inusitado para sua idade. Por isso, não bebia, não fumava, nem compartilhava com os próprios companheiros de militância os muitos tempos de bares. Não se dava o direito de interesses pessoais e nem de hábitos que pudessem tornar-se fragilidades. "Vícios são pontos fracos quando somos presos". Não dizia, praticava. Exercitava-se.

Exercitava-se cotidianamente para tornar-se insuperavelmente forte em sua disposição de lutar por uma mudança que, ainda hoje, está a exigir quem tenha esta dedicação. Exercitava-se, dia a dia, na prática do silêncio, no cuidado com informações que pudessem, de algum modo, prejudicar a outros. Militava como poucos, mas não se exibia. Guardava-se. E, guardando-se, cuidava de proteger a outros que dependiam dos seus cuidados.

O que efetivamente fez diferença em Luiz Eurico? Como poucos, teve consciência, de fato, do perigo por que passavam. Como poucos, soube reconhecer o inimigo em sua extrema astúcia e crueldade. Daí, preparava-se. Para o que se preparava tanto? Eram muitos os que o olhavam espantados. "Casou-se. Não deixou o endereço com a família. Que exagero, que questão de segurança é esta?" Riam. Ico olhava. O negro olhar incisivo a mirar mais fundo e mais longe. Não ria. Exercitava-se.

Nos primeiros dias de setembro de 1972, desapareceu, em São Paulo, o Ico. Durante sete anos, seus familiares o procuraram. Durante sete anos, buscaram notícias, sem receber qualquer informação correta; só pistas falsas, só embustes, num último gesto macabro da ditadura. Sete anos de buscas, sete anos de mentiras.

Até que, em 1979, seu corpo é localizado por Suzana. Fora enterrado com o nome de Nelson Bueno no cemitério de Perus, em São Paulo. Foi, assim, o primeiro desaparecido político a ser localizado no Brasil. A denúncia é feita em Brasília, durante a votação do Congresso da Anistia, em 1979. Surge aí, com o aparecimento do corpo de Luiz Eurico, o fio das muitas mentiras inventadas durante a ditadura. Assassinado a tiros numa pensão barata do bairro da Liberdade, em São Paulo, foi enterrado como indigente, com a versão de suicídio.

Prenunciava-se a primavera de 1972, quando desapareceu, em São Paulo, Luiz Eurico. Ninguém mais dele soube. E também, que se saiba, ninguém foi preso em consequência de sua queda.

O assassinato brutal de Luiz Eurico — de forma anônima, como todos os atos vis e cruéis da ditadura —, traz junto da tristeza comum, fundada pelo regime militar em centenas de famílias, uma certeza. Os diversos tiros, posteriormente constatados no quarto da pensão em que foi assassinado, indicam que Ico reagiu como sempre afirmara. Deste certo modo, sua morte nunca foi surpresa. Ico anunciou que ela viria caso fosse pego, algum dia. "Não falarei nada", dizia firme e baixo. "Me matarão, mas de mim não tirarão nada". Depois, o denso silêncio. Exercitava-se.

Como lobos, o caçaram. E encontraram. Mas encontraram-no preparado. Exercitara-se.

A história de Luiz Eurico contém, em si, o trágico e o brutal da ditadura, mas traz também uma forte indagação a nos colocar em cheque com nossa própria vida: Onde anda nossa consciência?

Dos 16 aos 24 anos, um rapaz da classe média brasileira optou por dedicar inteiramente seus dias, cautelosamente, intensamente, integralmente, a mudar os rumos do país. A parca dúzia de anos que separa o guri perplexo dentro do carro, ameaçado por um bando de meninos da sua idade, do rapaz assassinado aos 24 anos, é suficiente para lançá-lo na maturidade dos muitos porquês e no dedicar-se com inteireza na busca do como; como atingir de forma certeira e, para sempre, as causas da arrogância de um Oldsmobile preto a desfilar sua imponência diante da miséria social.

Ao final, prensado por uma ditadura brutal onde não habita a justiça, é localizado na clandestinidade. Certo de que, sob tortura, poderia denunciar alguém, opta por não entregar-se e luta até a morte, num último gesto de fraternidade. Assim, abre mão da própria vida, para não ter que encará-la com a consciência da responsabilidade de ter provocado o sofrimento de algum companheiro; e bem mais que isso: para que haja sobreviventes que possam levar adiante o ideal de justiça que sonhara.

Nós, hoje, o homenageamos de muitas formas, e neste livro, sem nunca talvez a única necessária reflexão: que sentido tem a vida, se dela não conseguimos abrir mão em função do que acreditamos? Sem mesmo a noção de que Luiz Eurico, se vivo, seria um incômodo, um salutar incômodo a nos dizer, possivelmente, como nos versos em que saúda a Che Guevara: "Os falsos amigos/lamentaram tua morte/mas esqueceram/ a tua vida".

Os secundaristas em manifestação contra a ditadura, junho de 1968. A partir da esquerda: Eunice Reis, Sayene Moreira, Suzana e Luiz Eurico Lisbôa, Carlos De Ré e Sérgio Costa.
Foto: Correio do Povo.

poemas militantes

Tempo de decisões[2]

Este é um tempo de decisões
O canto certo
tem que ser direto
e atingir como uma bala de fuzil
A palavra deve ser uma arma
sem requintes inúteis
de funções evidentes
claramente parcial
    e partidária
para ser contundente
    e ser na História

O simbolismo
que fala em flor
    para dizer amor
numa época em que
os jardins fenecem sem sol
        sem luz
entre colmeias de pedra
quando os parques públicos
advertem
em placas sem poesia
que "É proibido tocar nas flores"
e uma rosa
    sai tão cara
que eu não conheço ninguém
que tenha comprado uma

---

2. Poema originalmente sem título, intitulado pelo organizador da obra.

(exceto meu pai
uma vez...
no dia das mães...
era de plástico e tão fria)
é o simbolismo pragmático
dos comerciantes de flores
(cultivadas cientificamente
longe do calor das mãos humanas)

Hoje é preciso ser claro
    e ser marco
como a Aurora Boreal
E se o meu canto é o
canto do povo
eu quero ser claro

As meias palavras
são o último recurso
da falida mitologia burguesa.

O povo é direto
como golpe de um martelo
o voo de uma foice

Não perdoo a obscuridade
o canto farisaico
que agrada a todo mundo
sem arregimentar ninguém
Não perdoo a fala de
    labirintos
que o povo não consegue
e "nem deve" compreender

Não perdoo a alegre voz
      das sereias
que arrasta os incautos
para afogá-los
nas traiçoeiras águas azuis
dos oceanos metafísicos.

Tempo novo

Porto Alegre, 11/6/66

Há um Novo Tempo
de novas coisas!

Todos sabem
a mudança é irreversível
Mas as velhas formas
não cedem sem um último gesto
de desespero.

O importante é persistir
Confiar na vitória do Povo.

Avancemos
seguros
passo a passo

Pois a história não se volta
sobre si mesma
É uma espiral infinita
que nada consegue deter!

Alienação

Santa Maria, 11/1/67

Cansei
com o meu último poema.

Talvez
tenha sido a "violência" do tema:
REVOLUÇÃO.

Talvez
a extensão do poema

Ou então
o mau estado da pena

O fato real
concreto
irreversível
é que cansei
E sinto um desejo vago, ainda,
— é verdade —
mas que se alimenta
minuto a minuto
da minha fraqueza atual.

É uma amnésia controlada
E uma vontade de esquecer
que o Capitalismo é algo mais
que o Picolé da Kibon
ou a guitarra — de presente! —
na tampinha duma Coca-Cola!

Cabo Arraes

Santa Maria, 11/1/67

Guanabara — calada da noite...
três moços
estudantes
atravessam a baía
fugindo da prisão.

Cabo Arraes
é o guia
pesou bem a situação.
"São três moços destemidos
têm pela frente um destino:
fazer livre esta Nação".
E ele
Cabo Arraes
"nem dois anos de instrução",
sabe que "passar fome é uma coisa"
e sabe de cor!
"Mas passar fome sem liberdade
é ainda pior!"

Cabo Arraes
é o guia
pesou bem a situação.
É um risco que corre
e que aprendeu a correr
com os três moços da prisão.

O fato é que tem muito pouco
a perder
Liberdade

Liberdade verdadeira
perdeu no justo dia em que nasceu
Comida
come pouco
E a dos presos é quase a mesma
que ele sempre comeu.

A vida
essa vida
nem vale a pena viver!

Guanabara — calada da noite...
Quatro moços
patriotas
atravessam a baía
pra fazer Revolução.

Três se uniram
ilesos
às forças de libertação
Um — foi preso
e ninguém sabe
ao certo
onde ele está.

O Povo diz que foi morto
depois de torturado
O Governo, que está no Recife,
encarcerado.

"Três moços destemidos
Têm pela frente um destino:
fazer livre esta Nação".

Seu companheiro
Cabo Arraes
espera impaciente a Revolução
onde
ao certo
ninguém sabe.

Ou morto
Ou na prisão!

Liberdade

Santa Maria, 15/2/67

Há um povo que sofre
Há um povo que geme
E há outros
como eu
que embora
saibam desse sofrimento
e ouçam esses gemidos
não sofrem
e não gemem.

Ah! prisão de minha classe!...
Amarras de minha família
Cordames de meus vizinhos
Tendões de meus amigos
Redes de meu lar e minha escola
Todos! Todos eu rompi.

E encontrei melhor família
na fraternidade universal
melhores amigos
nos companheiros de luta

E dei sentido à vida
ao lado dos que sofrem
e dos que gemem

Ah! prisão de minha classe!...
Pouco a pouco
aumenta a brecha de teus muros
Pouco a pouco
encontro a minha LIBERDADE.

É hora

Santa Maria, 7/9/67

I

Há os guerreiros da pena
Há os guerreiros da espada
Há homens que dão um braço
pelo fragor da batalha.

Eu
sou poeta da Revolução.
A minha pena é uma espada.
E o meu canto
se eu canto
é um canto de guerra.

II

Guerreiros!
A verdadeira vitória
Está na justeza da luta.
Colocai-vos na liça!
A Grande Batalha já se desenrola.
E ninguém lhe está indiferente!

Quem cala
compactua
Quem baixa as armas
aceita a opressão
fortalece os tiranos!

III

O povo está impaciente,
                guerreiros,
As crianças já não cantam
Os jovens não mais se consomem
no amor
e os anciãos só esperam viver
até o grande momento.

Poupam suas forças
para a luta fundamental.

Guerreiros!
A História prepara um passo decisivo
O Espírito de Spartacus
ronda nosso tempo
Que ele se encarne
em cada um de nós!

Louvor com o coração tranquilo

Novembro/1967

Ao Comandante Che Guevara
Os governos burgueses
disseram que eras
um homem de honra
— companheiro —
e no entanto
armaram o teu assassínio

Os falsos amigos
lamentaram tua morte
mas esqueceram
a tua vida.

Assim são os inimigos
do povo:
festejam o assassínio
premiam a traição
depois concedem
"respeitosas entrevistas"
às agências noticiosas.

Assim são os falsos amigos
prestam "homenagens póstumas"
cumprem formalidades
mas renunciam
na prática
à luta revolucionária.

Nós — camarada —
marchamos contigo

porque és parte do povo
e o povo é indestrutível.
Te saudamos das nossas
trincheiras ensanguentadas
Te choramos
do fogo da luta
— companheiro —
com os olhos atentos
e a mão na metralha.

Balada de Ham-Li

29/11/67

Na pequenina aldeia
de Luang-Dinh
um menino
de pele amarela
e olhos rasgados
está
silencioso
deitado no chão.
Seu nome
Ham-Li.

As mãos
as pequeninas mãos
de Ham-Li
estão crispadas
retorcidas
por uma grande dor.
Os pequeninos braços
fortes de Ham-Li
— menino camponês —
estão descarnados
e já se decompõem.

Os pequeninos pés
andarilhos de Ham-Li
— menino soldado —
encolhidos
assemelham-se a uma
terrível garra.

A pequenina face
de pele macia
onde brilhavam
os negros olhos rasgados
o menino Ham-Li
escondeu-a no ventre aberto
para que o mundo
não visse tanto horror.

Mas ao pequenino coração
do menino Ham-Li
o Napalm
não poderá jamais atingir!

Entre os escombros
da pequenina aldeia
de Luang-Dinh
um menino
de pele amarela
e olhos rasgados
está
silencioso
deitado no chão.

O pequenino coração
do menino Ham-Li
pulsa
inalterado
sobre todo o Vietnã.

Autocrítica do poder negro

6/12/67

Dez homens negros
munidos de pás e picaretas
cavaram uma valeta
em Wall Street
na madrugada de segunda
para terça-feira.

Pagaram caro a ousadia.
Foram mortos na fossa
segurando tabuletas brancas
onde se lia
em cor escura:
"BLACK POWER".

A um canto do Harlem
guerrilheiros
se reúnem
analisam o fato
discutem
e chegam
à seguinte formulação autocrítica:
"A fossa ainda era pequena
para a burguesia americana".

Exortação

20/12/67

Cada povo um destino
Nós traçaremos nossos passos
— camaradas —
Incrustaremos na História
uma pedra rara
lapidada com a rudeza
de nossas mãos cansadas.
Será nossa tarefa
seu fulgor.
Será mais que um prazer
aos olhos diletantes de um povo.
Será nosso sacrifício
nossas vidas comuns
transfiguradas na loucura
do impossível conquistado
com pertinácia e lealdade.

Serão nossas lágrimas
no cárcere infecto
na tortura desumana
em algum ermo perdido
do sertão.
Um homem nu
carnes rasgadas
pelas longas mãos da tirania.
Mais longas são as do povo!
Esta é a nossa crença,
camaradas!
Por isso resistiu
calou

morreu
com a vitória nos lábios
e a certeza no peito.
Seremos muitos
a trabalhar esta pedra
mutilados todos
— de corpo e de espírito.

Quem estiver inteiro
— na certa —
pertence a outro mundo.
E há de ser uma pedra incomparável!

Nova aurora

1967

Meu povo está trêmulo
na noite fria
de sua solidão

Eu tenho frio
mas sorrio
tranquilo
porque transpus montes
outrora intransponíveis
e sei que
há um amanhã
e um sol
uma luz
e uma esperança
feitos realidade.

Não me assustam as trevas
nem os fantasmas
que vêm no seio delas
porque sei que haverá
uma aurora
e todos nós teremos paz

Não temo o frio desta noite
nem temo esta noite
porque
há outros
como eu
conhecedores
companheiros no presente

e no futuro
Porque
esta verdade
é mais que um contemplar
metafísico
Impõe uma luta!
Não surgirá do nada
Nós a construiremos!
Com nossa História
com nossas experiências
Com nossas limitações
e esperanças
Com nossas consciências!

Não temo o frio desta noite
nem temo esta noite
porque estou a enfrentá-la,
com a certeza da vitória.

Procuro o homem do povo

18/4/68

Procuro o homem do povo
o proletário
o camponês
o assalariado

Procuro o homem do povo
explorado
famélico
desabrigado
o que dorme na mansidão
           do não saber.

Procuro o homem do povo
para ultrapassar a frieza
do vocabulário político,
e ver na "massa oprimida"
nas "contradições sociais"
na "luta de classes"
nas "análises de realidade"
o homem do povo.

Renuncio à Revolução calculada
milimétrica e friamente
no racionalismo tecnicista
dos "cientistas"
da transformação social.

Hoje
procuro o homem do povo.

Quero além da ignorância
　　　　　além da fome
　　　　　além do frio
O homem que se consome
　　　　　nessa dor.

Quero as mesmas contorções
de suas entranhas
　　　　　sem alimento.
As mesmas chagas
de seu corpo maltratado.

As mesmas lágrimas
o mesmo sofrimento
a mesma angústia
do não compreender.

Hoje
quero ser um homem do povo.

Viver por um dia
as estatísticas
dos levantamentos do Partido.

Fugir por um momento
ao jargão, ao palavreado
e chegar ao real.

Quero uma mente rústica
que até mesmo creia em Deus
e outras divindades.

Quero um corpo dorido
e um olhar sem luz

perdido languidamente
no incompreensível.

Quero vender meus braços
sufocar minha voz
amordaçar-me
crucificar-me todos os dias.

Hoje
serei um homem do povo
porque necessito
mais do que os dados minuciosos
mais do que a ciência.

Busco o sofrimento
naquele que sofre
para amá-lo
acima dos pronunciamentos políticos
para que nasça em meu peito
o ódio incontrolável
que dê força às minhas mãos
e torne certeiros os meus golpes!

Procuro o homem do povo
porque recuso
a mistificação revolucionária
                dos gabinetes.

Porque necessito
paixão em minha luta
entusiasmo em minha voz
firmeza em meus passos
amor ao meu povo
e fé na sua vitória.

À camarada que fica

Junho/1968

Adeus, Doce Amada,
é preciso partir.
Seguirei tranquilo por outros caminhos
pois nosso andar
busca uma mesma pousada.
Breve descansaremos na Rubra Aurora
de nosso Povo.

Mas preciso confiar-te
que dou às cegas muitos dos meus passos largos
que são frágeis as minhas pernas
e muito dura a jornada.

Só em teus olhos encontrarei a luz
que iluminará meu caminho.
No mais profundo do teu ser
fortalecerei meu corpo,
firmarei meus passos,
acumularei energias
para o desafio do presente.
Em tuas mãos aquecerei as minhas
para enfrentar o rigor dos tempos.

E se algum dia
— meu anjo lindo —
novo amor florescer em tua vida
ainda assim
pensa sempre em mim
           com carinho
porque estarei pensando em ti
e estarei sozinho.

Sinal dos tempos

6/7/68

Há uma inquietude no ar
um nervosismo nas
gargalhadas gratuitas
Assomam — esporádicos —
inexplicáveis gritos de dor.

Milhões amontoam-se
nas arquibancadas
cheios de impaciência.

Todos querem assistir
ao próximo espirro da História.

Canto em memória de um homem cego e teimoso

1968

Primavera em Memphis
Entulhos negros da cor da fome.
Em cada esquina um sinal da luta.
Em cada gota de sangue
a sua loucura.

É escura e toda gemidos
a primavera de Memphis.

São negras as flores de Memphis
e os balanços nos parques
vão e vêm — sozinhos —
ao sabor dos ventos.
As crianças não adormecem
nas noites horrendas de Memphis.
Nem há canções de ninar...

Os homens encolhem-se na escuridão
para não se enxergarem uns aos outros.
E todos temem os negros fantasmas
das noites horrendas de Memphis.

Numa ruína um vulto se curva
escuro da cor da noite
— das noites horrendas de Memphis
Dentre escombros, um fuzil abandonado
que o fantasma retira:
ergue contra o céu!

Um gesto de desafio
que sacode um Continente!
Triste sorte a sorte de Memphis,
de todas as Memphis!

Mas o espectro é frágil
em sua maldição
e mesmo em todo o seu horror
há um toque de candura.

A mão se abre
afaga
— são milhões os que choram!...
O vulto chora
lágrimas enormes
grandes bagas cor de carvão.

Velho Martin Luther King,
Não mudaste nada!...

É longa a marcha

1968

É longa a marcha
— camarada —
As sombras envolverão
nossos passos mudos
em eterno caminhar

O inimigo se aproxima
e já nos alcançam
os ruídos cautelosos dos seus batedores

Avancemos

Não se trata
    simplesmente
de nossas vidas
— camarada —

Essa verdura
esse andar
    sem fim
já nos deram
    a medida
da nossa pequenez

É a chama que
    devemos
manter acesa!

Ela ainda é tímida
    incerta
        bruxuleante

O dever é protegê-la
    alimentá-la
    eternizá-la

Ela é o coração do povo
que inicia a palpitar

Danton e Bustos
lhe ofereceram
    em holocausto
a própria liberdade

Ramon entregou-lhe
a vida em Camiri
    sem hesitar

O sangue de Bolívar
    e San Martin
verteu em Bolívia rebelde!

E a chama agigantou-se
no peito ardente do povo!

Ao Suzico

24/11/68

Meu Filho
Escrevo agora estes versos para que
saibas algum dia
que estas mãos que empunham a metralha
e semeiam a morte
este olhar resoluto de soldado
têm algo mais que o impulso
            mercenário
e o querer individual.

Para que saibas que estas mãos
            escreveram versos
estes olhos vislumbraram a beleza
            de um outro dia
e este peito coberto de cicatrizes
já abrigou a paixão e o amor.

Para que saibas
que desde o primeiro passo
fui presa até a última fibra
            da poesia
E que a metralha e a luta
são em tempo certo
o meu maior poema
a grande mensagem de
            um artista

Na foto ao lado, Luiz Eurico e Suzana no dia
do seu casamento, em março de 1969.

Os "julianos": Nilton Rosa (morto no Chile), Suzana Lisbôa, Luiz Eurico Lisbôa, Claudio Gutierrez e Jorge Alberto Basso. (desaparecido na Argentina). Acervo pessoal da professora Ana Julieta.

poemas da dúvida
e da descoberta

As rosas do século XX

Porto Alegre, 8/12/65

No século XX
as rosas desabrocham úmidas
chorando.

Têm vergonha
de sua beleza frágil

Têm inveja
da rosa atômica.

Homicídio

Porto Alegre, 8/12/65

O Zé, filho do morro,
matou um cidadão graúdo
na Voluntários
esta madrugada.
Um gesto famélico.

No mesmo instante,
no Encouraçado Butikin,
um burguês qualquer
beberica mais um copo
de uísque escocês.

Assassino!

1º canto de desespero

Porto Alegre, 14/1/66

Há momentos em que tudo
neste apertado
e pequenino mundo real
me atemoriza.

E eu — cansado da vida —
só aspiro à tranquila
imensidão do nada.

Apressado homem do século XX[3]

23/11/67

Sou um homem apressado do século XX
corro distâncias cósmicas
em cólicas siderais.

"Varei dez mil galáxias!"
É só dizer
e a mentira nem me assusta

Se não fiz
hei de fazer.

A certeza
eliminou-me
a surpresa
do impossível
que se faz.

Tornei-me
motorista do universo
Criei congestionamento
de trânsito no espaço.

A minha pena?
Foi deixar de sonhar
e fazer verso.

---

3. Poema originalmente sem título. Intitulado pelo organizador da obra.

2º canto de desespero

25/11/67

Vim à luz como razão
e vi que o mundo era caos.
Em apocalipse existencial
afundei-me em areias movediças.

Cerrei o punho! Ergui a mão!
Enviei aos sete mares minhas naus.

Ansiei revolucionar o amor
materializar o espírito
sem perder a pureza inicial.

Meu corpo amante
só aceitou
freiras ou noviças.

Em algum caso
— especial —
virgens burguesas
— roliças —
imaculadas e roliças.

Um odor insuportável envolvia as coisas.
Todas as medidas eram tímidas
e vi o mundo coberto
de estacas mal cravadas
onde era impossível me apoiar.
Fiz-me névoa e dispersei-me no tempo
(ainda estou por me encontrar)

Patos azuis em meu pensamento[4]

Patos azuis selvagens
dos grandes lagos
pousaram resvalando
na limpidez de meu pensamento
esta manhã

as águas se abriram
silenciosas, ternas
como uma mulher que ama

espadanar de espumas
carícias de luz
paraíso de cores
verdes planícies
das cobiçadas terras do sul

estive preso num iceberg
navegando no
mar das Antilhas
ao longo da Ilha de Cuba

Ah!... doce calor
que me liberta...

as águas engolem as águas,
meus olhos se abrem,

---

4. Poema originalmente sem título. Intitulado pelo organizador da obra. Segundo Suzana Lisbôa seria de 1968 ou 1969, o último por ela recebido.

caem os últimos cristais de gelo,
movo lentamente
os membros entorpecidos,
saboreando a surpresa
desta exótica liberdade
milhares, milhões de
patos azuis selvagens
dos grandes lagos
pousaram resvalando na limpidez de meu pensamento
esta manhã.

poemas de amor

Poesia x ciência

Porto Alegre, 8/12/65

O homem conquistou o espaço
e destruiu a poesia
das serenatas ao luar.
A lua não é de queijo
nem é símbolo do amor.
É um lugar frio e desolado
onde desembarcam naves espaciais.

Saudade

Cidreira, 30/1/66

Uma tristeza angustiante
falta indefinida de algo
me deixa prostrado a sofrer.
Por mais que a mente procure divagar
o coração me devolve insistente
a tua imagem cheia de ternura
e a candura do teu olhar.
E em choro sem lágrimas
lamentações sem palavras
vou morrendo devagar
da dor dessa saudade.

Impasse

Cidreira, 10/2/66

Há uma mesma canção
em nossos lábios
e um mesmo desejo
em nossos corações.

Mas se eu te quero
e não me queres,
quem se engana
de nós dois?

Infância

Cidreira, 24/2/66

Pandorgas ao vento
no céu azul de verão!...

— Tão pequeninas que
nem as vejo mais...

As pandorgas ao vento
no meu sonho triste
de saudade!...

Evolução

Santa Maria, 7/7/66

No ano dois mil
meus lábios metálicos
vagarosamente
murmurarão um último adeus
enquanto pelas minhas faces
rolam mil lágrimas
de óleo lubrificante.

Gradualmente
descansarei minhas pálpebras de alumínio.

Vera

Porto Alegre, 2/12/66

É bom pensar em Vera
em seu olhar
em seus cabelos
em suas mãos
em seu amor.

É bom pensar em Vera
em um momento de Vera
em um sorriso de Vera
em uma carícia de Vera
em uma lágrima de Vera.

É bom pensar em Vera...

Amor de poeta

Porto Alegre, 18/12/66

Amei uma mulher em sonhos
e isto é bastante comum.

O estranho é que nunca mais
a esqueci
desde então.

Simplicidade

Santa Maria, 17/1/67

Eu quero
Você quer
vamos amar então.

19 de janeiro

Santa Maria, 19/1/1967

19 de janeiro
19 anos
Só.

19 de janeiro
e eu choro
de saudades
do Bolão

do menino sardento
sempre no 1º lugar
do gurizinho briguento
que ia pra rua
de bodoque
enfrentar a espátula
do filho do vizinho

do menino que tinha
um sonho encantado
uma menina linda,
de rabo de cavalo
e fita na cabeça.

Saudades do Bolão
tão tímido
que chorava
envergonhado
do apelido
que eu hoje
mergulho no tempo

só pra ouvir novamente.
Do Bolão que jurou ser
"um grande herói"
— "um dia".

Do "campeão" de botão
Do "chutador" de sorvete
do Bolão mentiroso
que aos 15 anos
já tinha mil casos de amor.

19 de janeiro
19 anos
só.

Quanta saudade!...

Enquadramento

Santa Maria, 6/9/67

Homens de pedra
num mundo de aço.
Procuro o amor,
o amor eu não acho.

Por que esta solidez
tão fria nas coisas?

Os Espíritos
estão deixando a Galáxia.

O meu já me abandona,
Em pouco
petrificar-me-ei.

Noite singular

Santa Maria, 6/9/67

Dos limites do mundo
eu espiava as coisas humanas.

Tu chegaste no seio da noite
e me levaste à outra margem.
Juntos na escuridão partimos,
teu coração palpitante,
meu coração palpitando,
lado a lado
na unidade natural
de nossos caminhos.

Os grandes ventos da noite
agrediram nossas faces
mas nós seguimos
e nossas mãos se enlaçaram.

Os grandes ventos da noite
agrediram nossas faces
mas nós sorrimos
e nossas almas
se inundaram de ternura.

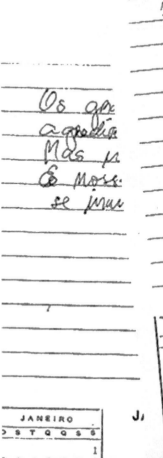

6/9/64

Noite Singular

Dos limites do mundo
Eu espiava as coisas humanas.
Tu chegaste no seio da noite
E me levaste à outra margem.
Juntos na escuridão partimos
Teu coração palpitante
Meu coração palpitando

A poesia do amor-criança

23/11/67

Foi num olhar de passagem
que eu senti a voragem
do seu amor de menina

O seu olhar de carícia
— sem nenhuma malícia —
meu peito desatina.

Tome cuidado, menina,
qualquer dia
o poeta
distraído
faz de você uma poesia
e mata a intimidade
daquele gesto.

Singular instante de tristeza[5]

1968

Há na simplicidade do teu gesto
um aceno inexplicável para mim,
na limpidez do teu olhar
há um momento turvo
que não posso compreender.
E o teu sorriso se torna
              às vezes
    sério
sem que eu saiba o porquê.

É verdade...
conheço todos os caminhos
do teu corpo.
Mas ignoro as trilhas misteriosas
da tua alma de menina e de mulher.

E embora eu te ame
e eu te deseje tanto
há nessa felicidade sem par
um instante singular de tristeza.

---

5. Poema originalmente sem título. Intitulado pelo organizador da obra.

Suzana[6]

Suzana...
Esta noite
teu nome é um sussurro
de estrelas aos meus ouvidos,
um rumorejo de folhas secas
lamento saudoso
nas águas negras do Araguaia.

Suzana...
em cada gota...
em cada folha...
em cada raio de luz

Suzana... Suzana...
Me segredam aos ouvidos
em cada movimento
da natureza
a tua presença.
Ouço a tua voz, o teu riso
docemente
em murmúrios...

Esta noite
teu nome é um
sussurro de estrelas
aos meus ouvidos.

---

6. Poema originalmente sem título. Intitulado pelo organizador da obra.

Rei nu[7]

O Rei atravessou nu as
ruas de Praga.
Aboletou-se
— pomposo e ridículo —
na Praça de São Wenceslau.

Fiéis vassalos
comentaram os preciosos detalhes
das vestes reais.

Trombetas
aos céus
flores ao Monarca
e lindas histórias
para embalar todo um povo.

Inútil!

Inútil a pompa
          a pose ridícula
Inúteis as flores
e honrarias arranjadas
as grandes mentiras
nuas como o rei!

Uma boa comédia
          de fim de tarde
a que o povo assistiria
          até rebentar de rir.

---

7. Poema originalmente sem título. Intitulado pelo organizador da obra.

Como eu riria...

Não fosse o sangue nas ruas
não fossem as correntes de aço
esmagando corpos de irmãos.
Corre, pequeno Yachnov,
esconde-te sob meu casaco.

Corremos até os verdes prados
Preciso respirar fundo
    o ar puro
enterrar as ilusões derradeiras

guardar no pequeno
galpão dos fundos o arado
                 a enxada
                 a foice
e o saco das sementes
— descansa-te, que ainda
as semearemos.

Precisamos azeitar
a velha carabina
— e rápido
que os camaradas já seguem
para as montanhas.

Tomaremos o lugar das águias!

Exortaremos
    canções de guerra
    como outrora
e tu verás que grandes
camaradas nós temos.

Lembra-te de Zuthev, Wizerck, Sugary?
Já foram heróis uma vez
— serão de novo —
E muitos novos heróis
　　surgirão

Tu também, pequeno Yachnov,
aprenderás a escalar montanhas
na escuridão,
a viver de sorrisos e lembranças
à beira do fogo,
entre camaradas,
aprenderás o manejo das armas
terás certeza na vitória
e darás certeza a teu povo.

Meu pequeno Yachnov
já estou envelhecido
e talvez não venha a ajudar-te
na próxima semeadura...

Sê forte. Não desfalece com a minha morte.

Enterra-me com a roupa do corpo,
leva minhas botas
que ainda te serão úteis
e cuida bem desta velha arma,
azeita-a de quando em quando,
e conserva-a sempre limpa.
Até lá tenho muito a ensinar-te
e mais ainda aprenderás com os outros.
Vamos! Rápido!
A Carabina — EIA! Segura!

Detalhe da capa das "Resoluções Políticas do Movimento Estudantil Gaúcho", apresentadas no I Encontro Estadual de Grêmios Estudantis, junho de 1968. Acervo pessoal de Suzana Lisbôa.

manifesto político

Resoluções Políticas do Movimento Estudantil Gaúcho[8]
SUPLEMENTO

Declaração de Princípios

1. O Movimento Estudantil em todo o mundo

Das barricadas do Quartier Latin, em Paris, às avenidas de Roma; de Ancara, na Turquia, à Londres aristocrática; dos Estados Unidos capitalista à Iugoslávia socialista; de Tóquio, no Oriente, a Berlim Ocidental; da China Popular ao Calabouço na Guanabara; de Leste a Oeste, dos países desenvolvidos aos povos oprimidos do Terceiro Mundo, a juventude contemporânea alcança sua unidade política e sua expressão histórica na luta por uma ordem sócio-econômica mais humana, por uma mais eqüitativa distribuição de riquezas e oportunidades, pela preservação da Democracia e da Paz.

O desenvolvimento internacional do capitalismo neste último século, encurtando distâncias, colocou frente a frente civilizações absolutamente distintas, unificou econômica, cultural e politicamente os povos de todo o mundo. Com a instauração do sistema socialista em um terço da terra, as contradições entre as duas formas de organização social que se apresentam neste espaço do Tempo, capitalismo e socialismo, passaram a influir diretamente tanto nas relações entre os povos como entre as diferentes classes sociais em cada País.

---

8. Trata-se de texto que, segundo Suzana Lisbôa e também a mãe de Luiz Eurico, foi inteiramente redigido por ele, com adendos mínimos de outros companheiros, dentre os quais Cláudio Weyne Gutierrez.

Hoje a Humanidade joga sua sorte nas ruas conturbadas de Paris, nas manifestações de Praga, no heroísmo do povo vietnamita, e até mesmo na simples fermentação dos povos explorados ainda em silêncio, o que nos faz prever a violência com que irromperão ao cenário da História.

Este primeiro sentido de unidade, o Movimento Estudantil de todo o mundo apreendeu unanimemente, incorporando às suas reivindicações de caráter nacional ou específico a luta por um mundo melhor, pela paz e confraternização entre todos os povos.

Por outro lado, o grande avanço tecnológico de nossa era colocou o ensino e, particularmente as Universidades, no próprio centro do sistema produtivo. Uma mão-de-obra altamente especializada e em constante aperfeiçoamento, desenvolvimento de pesquisas em todos os terrenos, são necessidades da vida moderna que tiram da Escola o caráter de simples depositária da herança cultural das gerações passadas, tornando-a elemento essencial da vida econômica.

À erudição pura e simples, seguiu-se uma concepção pragmatista do conhecimento. Trata-se apenas de preparar as peças delicadas que incorporar-se-ão à engrenagem de um sistema estabelecido.

Contudo, na mesma medida em que as Universidades e o Ensino em geral passaram a ter essa importância decisiva nos rumos da sociedade contemporânea, os estudantes, internacionalmente, pelas suas próprias condições intelectuais de análise de realidade, pela origem social de sua grande maioria, pelo seu descomprometimento com o passado de duas guerras mundiais e a insensatez de conflitos que ainda hoje perduram, fruto de situações que não viveram e soluções que não aceitam, passaram a se colocar fundamentalmente questões relativas à *Função Social do Conhecimento*.

A juventude já não aceita refugiar-se no intelectualismo oco de outros tempos, mas também se recusa a compactuar, por assentimento ou omissão, com uma "ordem social" que desumaniza o indivíduo, destina à fome e à mais completa ignorância quase dois terços da humanidade.

A cultura deve extravasar os círculos limitados do deleite ou realização pessoal para assumir o papel de agente dinâmico na transformação da sociedade.

Este mundo de guerras, de sobressaltos e insegurança, do lucro como motor do desenvolvimento, dos grandes monopólios subordinando aos interesses de uma minoria todos os aspectos da vida social, este mundo dividido em explorados e exploradores, em que a fome elimina anualmente milhares de vezes mais vidas humanas do que a criminosa guerra do Vietnã, este mundo perdeu sua razão de ser quando se consome um milhão de dólares para matar a outro homem, quando os orçamentos militares são constantemente aumentados em detrimento de necessidades vitais, quando a separação entre humildes e poderosos atinge as proporções de um verdadeiro cataclismo, quando as mais ponderadas manifestações de alerta são silenciadas a bala, quando o descontentamento se torna universal e o indivíduo desfalece nas tramas de forças materiais que ele não dirige e muitas vezes nem compreende.

Surge como um imperativo, daqueles que tiveram nesta década as melhores condições de avaliar o momento decisivo por que passa a Humanidade, a consciência da necessidade premente de transformar e transformar radicalmente.

O Movimento Estudantil atinge no mundo inteiro a dimensão revolucionária.

2. O Movimento Estudantil na América Latina e no Brasil

O Brasil, como área periférica do sistema capitalista internacional, é um país subdesenvolvido incorporado às nações do "Terceiro Mundo".

A sua trajetória político-econômica está definitivamente ligada a este grupo de países, sofrendo a mesma sorte de pressões, alimentando as mesmas esperanças, dependendo de uma estratégia comum para alcançar a Liberdade.

O Movimento Estudantil Brasileiro desenvolve corajosamente lutas importantes para o despertar transformador do nosso povo; mas vê com clareza as limitações dos seus esforços, e convoca a todos os povos deste continente para que unam as suas forças pelo objetivo comum.

Serão os operários, os andrajosos, os mutilados, os explorados desta América esquecida, que formarão as unidades de combate, e os exércitos de pés descalços reconquistarão os campos e as cidades.

A Juventude Latino-Americana retomou a bandeira gloriosa de Jose Marti, Bolivar e San Martin, os Heróis da I Independência e PROCLAMA que a luta continua;

que ainda há uma América Latina escravizada, embora sejam outros os senhores;

que o inimigo comum é o gigantesco potencial econômico-militar do imperialismo norte-americano, aliado às oligarquias dominantes em cada nação, vegetando parasitariamente às custas da superexploração de milhões de trabalhadores, em particular nas zonas rurais;

PROCLAMAMOS que o alimento, o abrigo e a educação são direitos inalienáveis do Homem e que a luta pela observância desses direitos é a mais elementar reivindicação de justiça;

PROCLAMAMOS que a América Latina vive uma crise revolucionária que chegará a seu término nesta era, quando forem expulsos de nosso território os expropriadores de nossas riquezas, e do mando os usurpadores do poder;

PROCLAMAMOS que só há uma DEMOCRACIA viva e autêntica, aquela que se fundamenta no povo e seus anseios, em seus interesses reais, em suas condições concretas de existência;

DENUNCIAMOS a farsa demagógica das tiranias que oprimem, silenciam pela violência, exploram, suprimem as Liberdades em nome dos interesses do povo, para melhor esmagá-lo e sugar-lhe as últimas energias;

CONCLAMAMOS o sangue jovem da América Latina a se fazer presente na História, unindo mais uma vez os povos irmãos deste Continente, na II Guerra da Independência;

PROCLAMAMOS que é tarefa desta geração construir dos Andes ao Atlântico, da Patagônia às águas ensangüentadas do Rio Grande, uma América livre, unida e do povo!

UNIÃO GAÚCHA DOS ESTUDANTES SECUNDARISTAS

I ENCONTRO ESTADUAL DE GRÊMIOS ESTUDANTIS

DE 21 A 23 DE JUNHO — UGES

Luiz Eurico e Suzana no dia do seu casamento, em março de 1969.

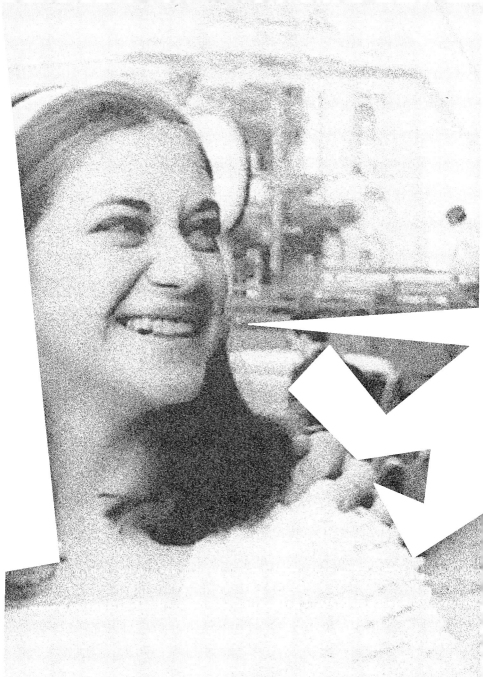

cartas a Suzana

Meu amor

Esta noite irei beijar-te de mansinho, pé ante pé, quando estiveres dormindo.

Esta noite adormecerei em teus olhos e viverei nos teus sonhos.

Esta noite sofrerei as tuas dores e sorrirei com teus carinhos.

Esta noite eu estarei contigo e chorarei, envergonhado, da ternura do teu sono.

furiosamente
  louco de amor
 à Suzana adorada
    minha vida
    meu anjo lindo
 com uma beijoca
    bem mansinha

        Ico

Meu amor

Esta noite irei beijar-te de mansinho, pé ante pé, quando estiveres dormindo.
Esta noite adormecerei em teus olhos e viverei em teus sonhos.
Esta noite sofrerei as tuas dores e sorrirei com teus carinhos.
Esta noite eu estarei contigo e chorarei, envergonhado, da ternura do teu sono.

furiosamente
louco de amor
à Suzana adorada
minha vida
meu anjo lindo
com uma beijoca
bem morninha
Ico

Adorada Suzana

5.7.68

Há tanto o que fazer aqui que nem podes imaginar. Estou fervilhando de projetos e tomado de uma alegria quase infantil, de um otimismo inexplicável diante do que este pessoal espera de mim e do que eu possa oferecer. A situação chega a ser cômica, indubitavelmente, e talvez seja esta a razão deste riso misterioso que me aflora aos lábios.

Amanhã estarei aí para pegar o material necessário ao meu trabalho e talvez retorne com um "ajudante".

Pela primeira vez em meses lido com dados concretos e isto me dá uma grande segurança. A tranqüilidade do saber que não sei; a humildade do aprender para ensinar; a certeza intuitiva de chegar a um resultado modesto, mas compensador.

Fim à neurastenia! As coisas são claras e eu as percebo sem esforço algum. Há uma calma preguiçosa nesta cidadezinha de ruas largas e limpas, no olhar manso dos homens rústicos e malvestidos que chegam da zona rural.

Estou parando na casa do Calino. A "velhinha" dele é a coisa mais adorável do mundo! Precisavas ver o almoço que ela me preparou hoje. Cheguei a ficar envergonhado. O quintal é enorme, vai de quadra a quadra. Está repleto de árvores frutíferas: laranja, goiaba, mamão, abacate, banana. Há pouco me empanturrei de goiabas. Frescas e vermelhas de dar gosto! Choveu muito a noite passada e, embora haja um sol forte esta tarde, se mantém no ar um cheiro agradável de terra úmida. A casa fica afastada do centro, e daqui ouço mugidos, latidos, trinados e até um galo cantador que não perde uma oportunidade para mostrar seus talentos. O ranger de carroças passando também é constante.

Em tudo isso uma simplicidade de coisas definidas. Vaca é vaca. Carroça é carroça. Galo é galo. Goiaba é goiaba. Amor é amor. Suzana há só uma... e mais ninguém.

5-7-68

Adorada Suzana

Há tanto o que fazer aqui que nem podes imaginar. Estou fervilhando de projetos e tomado de uma alegria quase infantil, de um otimismo inexplicável diante do que este pessoal espera de mim e do que eu possa oferecer. A situação chega a ser cômica, indubitavelmente, e talvez seja esta a razão deste riso misterioso que me aflora aos lábios.

Amanhã estarei aí para pegar o material necessário ao meu trabalho e talvez retorne com um "ajudante".

Pela primeira vez em meses lido com dados concretos e isto me dá uma grande segurança. A tranquilidade do saber que não sei; a humildade do aprender para ensinar; a certeza intuitiva de chegar a um resultado modesto, mas compensador.

Fim à neurastenia! As coisas são claras e eu as percebo sem esforço algum. Há uma calma preguiçosa nesta cidadezinha de ruas largas e limpas, no olhar manso dos homens rústicos e mal vestidos que chegam da zona rural.

Estou parando na casa do Calino. A "velhinha" dele é a coisa mais adorável do mundo! Precisavas ver o almoço que ela me preparou hoje. Che-

Se há coisa que me ficou clara nessas últimas vinte e quatro horas é que te tornaste um marco definitivo em minha vida. Eu me divido em antes e depois de Suzana. E o "depois" é cheio de significação, ternura, determinação de VIVER e SER. Neste "depois" aprendi que se pode sorrir de tristeza e chorar de alegria. Que se pode chorar...

Neste "depois" eu compreendi a importância e o significado do amor, a *tua* importância e o *teu* significado em minha vida, e me tornei verdadeiramente humano.

Mas aprendi também a distinguir os que não são humanos, em essência. Isto me fez sofrer, porque houve muitas decepções, muitas experiências tristes. Cheguei a alimentar muito desprezo, muita intolerância. Hoje à tarde eu pensei no que era antes de ti... E fiquei envergonhado, Suzana. Como se pode ser tão mesquinho, tão medíocre, tão NADA, sob um ar importante ou um comportamento auto-suficiente!...

Fiquei com pena de todos eles, Suzana. Dos que mentem, dos que invejam, dos empertigados, dos ambiciosos, dos que fazem do amor um remédio, um passatempo, um negócio, um paliativo. E percebi quão poucos entre nós chegaram ao sentido final do combate que travamos. Eles não compreendem, Suzana, que nós somos um momento na luta que o Homem vem enfrentando através da História, cada vez mais conscientemente, pela felicidade. Não entendem que nós buscamos, em última análise, as condições ideais para o amor. Tanto no plano coletivo, como individual. E acabam negando, no dia-a-dia, como eu neguei até te conhecer, o objetivo que aparentam querer atingir.

Foi assim, Suzana, que eu cheguei ao cerne mesmo da grandeza do nosso amor e do quanto somos e podemos ser felizes. Um amor desinteressado, todo comunicação e entendimento. Um amor que se recolhe timidamente diante das necessidades da luta revolucionária, sem deixar de ser, por isso, o centro de nossas vidas.

Mas é um amor criança. Com tanto a crescer e uma existência tão curta que eu, às vezes, me surpreendo da rapidez com que se adonou de mim e me entregou aos teus encantos. De repente...

acontecera. E tem-se enriquecido em novas experiências de uma tal maneira, que não posso conceber-lhe qualquer limite. Amo-te como nunca amei ninguém. Amo a paz do teu sorriso. O teu olhar inquieto. O teu gesto de menina. A tua plenitude de mulher. As tuas lágrimas inesquecíveis, iluminadas de carinho e de amor.

Com muita saudade
uma beijoca
Ico

Querida Suzana

Quase duas horas da madrugada neste dois de maio friorento e sombrio.
 Estou num daqueles momentos em que um homem não vale um caracol se não abrigar — de imediato — o corpo da mulher amada.
 E o muro de distância que separa nossas mãos e nossos lábios me parece mais intransponível que o do tempo presente até a noite inesquecível que passamos em Rivera.
 Por isso abandono o gesto inútil, o abraço que encontra o vazio, o chamamento que se perde no silêncio sepulcral desta madrugada, para te reencontrar no pequenino quarto com as paredes recobertas de Virgens e Santos aureolados, repleto de bugigangas espalhadas pelos cantos e dominado pela cama estreita e macia em que nos entregamos.
 De novo te despes envolta em inocência. Novamente o frenesi de nossos corpos no encontro que esperamos tanto e que terminou quando terminaram nossas energias, já minadas por várias noites maldormidas.
 Mais uma vez te estreito em meus braços, beijo os teus seios, acaricio tuas coxas roliças, e tuas mãos e teus lábios me abrasam voluptuosamente.
 O mundo se resume a nós dois e, pela primeira vez em minha vida, alguém me absorve completamente.
 Depois o silêncio, o doce arfar do teu colo e o sono que veio sem pressentirmos, mansamente.
 Já não sou o mesmo, nem tu és a mesma. Nosso olhar fala coisas que agora entendemos e antes pareciam nebulosas. Nossas mãos se encontram na calma de quem conhece segredos revelados.
 Tu me dás a tranqüilidade do amanhã a cada dia que passa. E o desejo que me despertas já não oprime meu peito nem sufoca minha voz. Porque sei que também me queres e que seremos Um.

Mas, ainda assim, em momentos como este, amaldiçôo um mundo que se limita em tempo e espaço e me impede de estar contigo e te impede de estar aqui agora.

Meu corpo sente a falta do teu corpo. Meu espírito se impacienta longe do teu.

Com todo o carinho e amor

Ico

Adorada Suzana

2.8.68

Uma incrível maré de alegria acordou comigo no frescor desta manhã.

Cheguei à compreensão exata das "discordâncias" que têm surgido entre nós. O nosso amor é tão grande, meu anjo, que não havíamos até ontem alcançado a sua dimensão real.

De uma hora para outra se adonou de nós e deu a cada momento de nossas vidas uma nova transcendência. Foi uma experiência grandiosa para que talvez não estivéssemos suficientemente preparados.

De sua grandeza mesma, nasceram preocupações que nunca havíamos sentido. Como viver este amor? Como manter este amor? Como desenvolver e direcionar este amor?

Em torno deste interrogar-se, vivido diariamente nos últimos meses, tentamos modificar pequenos hábitos, identificar um no outro os seus problemas maiores, os seus costumes, os aspectos comuns, as suas aspirações.

Mas, como tudo o que é realizado empiricamente, diversas vezes perdemo-nos no particular, no secundário, no instante, esquecendo o geral, o fundamental, e que o instante está inserido num processo de desenvolvimento.

Por isso, as preocupações que tivemos com o nosso amor, em determinados momentos, assumiram maior importância do que o próprio amor.

E nós sofremos, nós duvidamos, nós soluçamos de dor.

Já entendes por que me sinto feliz, querida?

Compreender isto tudo me devolveu a tranquilidade que eu havia perdido.

Uma grande vaga de ternura afogou-me em seu delírio e veio a certeza de que dobraremos todos os espinhos e a rosa do nosso amor viverá eternamente.

À minha companheira com muito amor
Ico

Suzana Querida

28.9.68

São quase três horas da madrugada. Já é domingo. Um domingo chuvoso que tamborila no zinco do vizinho e na minha melancolia.

Terei que ficar até 2ª à noite, embora meu maior desejo fosse estar AGORA e há muito tempo no calor do teu corpo-abrigo.

Amanhã, ou melhor, hoje, às 9, teremos uma reunião com o pessoal que venceu no Cristóvão e pretende lançar candidato para a UCES. As eleições serão na 1ª quinzena de outubro e um acerto seria o melhor. Mas há muitos pontos pendentes e eu só vejo ??? +??? = interrogações e + interrogações.

Na 2ª será uma reunião com o pessoal universitário que trabalhará conosco, segundo indicam as perspectivas.

E terça-feira, *finalmente,* hei de beijar-te louco de desejo, estremecer em teus carinhos, fechar e abrir os olhos, certificar-me de que tudo é verdade, *absolutamente real,* e deixar-me embalar no doce encanto do teu amor.

Como eu te adoro! Não consigo imaginar minha vida, meu presente e meu futuro, sem as tuas mãos nas minhas mãos, os teus passos junto aos meus.

..."Em tuas mãos aquecerei as minhas para enfrentar o rigor dos tempos"...

Ah! esta saudade que me devora!... que me alucina!... Chego a perder a noçao do tempo, minha adorada, nesta ausência cheia de dor. É uma dor singular, de certo modo silenciosa, mas de uma voracidade que me estraçalha a alma e me deixa taciturno, intranqüilo, afastado de tudo e de todos, inútil pelos cantos.

É este desejo de rever-te, de tocar-te — meu doce bem — que me faz contar os dias e logo me fará contar as horas, os minutos, os segundos que me separam de ti, até o momento exato em que celebraremos num longo e maravilhoso abraço a alegria do reencontro.

Eu te amo muito. Sei que me amas também, Suzénhoze. O resto, tudo o mais é absolutamente secundário. O mundo inteiro, as pequenas e as grandes rixas, os maiores inimigos, os grandes amigos, a família, os compromissos — TUDO. E agora que me deste a dimensão do vazio que era minha vida antes do nosso amor, sei que sem ti definharia celeremente e me perderia no desespero oculto do nada.

NÃO VIVO SEM O TEU AMOR,
MINHA SUZANA — COMPANHEIRA AMADA.
NÃO ME DEIXES NUNCA
NÃO ME ESQUEÇAS

Chorando de saudades
louco de amor
eu te adoro
eu vivo em ti
QUE-RI-DA

do teu Quenhoze
que te ama muito

Suzana

Vi há pouco na Zero Hora que "as nossas prezadas lideranças universitárias" deixaram a neutralidade conformista para cair num oportunismo que só merece uma caracterização: traição! Apesar dela, com as imperfeições que uma visão a distância sempre oferece, parece-me que foi positivo o saldo da passeata. Em primeiro lugar, entre os detidos há diversos assalariados, o que indica uma certa participação popular, embora o número reduzido de manifestantes (segundo a imprensa). Em segundo, pude observar que foram presos estudantes secundários de diversos colégios, comprovando as perspectivas para um trabalho de base nesta área. Em terceiro lugar, a ausência das "representações" universitárias, na forma de que se revestiu, abre por completo o caminho para o surgimento de uma nova vanguarda no setor. É necessário apenas fazer uma análise política mais profunda desses acontecimentos e levar o processo de discussão à massa universitária.

Não tenho maiores dados sobre o desenrolar da manifestação, mas me arrisco a fazer um balanço geral, com algumas conclusões que considero importantes:

a – Somos uma força em condições de criar fatos políticos. Daí o aumento da nossa responsabilidade e a necessidade do pessoal crescer política e ideologicamente a partir dessas experiências práticas;
b – a premência de uma imprensa própria que nos mantenha em contato regular com a grande massa. Os órgãos burgueses se desmascaram a cada passo mais radical que se dê;
c – necessidade de um instrumento adequado para penetrar noutras áreas, dar mobilidade nas tarefas de organização, agitação e propaganda, além de se impor como alternativa no caso de intervenção (o "21");

d – combate às "lideranças" universitárias. Passou o tempo de "não se contar com eles" — agora temos que combatê-los para avançar. Ontem houve uma definição: eles estão no campo inimigo;
e – os tais levantamentos de que temos falado tanto e feito tão pouco estão na ordem do dia e tornaram-se condição "sine qua non" para novas manifestações;
f – a forma como vem se apresentando a repressão coloca a necessidade de aumentarmos nosso potencial de fogo, bem como de passarmos a desenvolver regularmente tarefas pa(ra) milit(ares);[9]
g – os cuidados com a seg(urança) e a discipl(ina) devem ser redobrados. A O(rganização) se encontra demasiado débil ante as possibilidades de desenvolvimento que se lhe oferecem;
h – a forma ativista com que a O(rganização) tem levado adiante as tarefas no setor originou duas tendências que devem ser analisadas e combatidas. De um lado, menospreza-se este trabalho, em nome de "algo mais importante"; de outro, perde-se nos seus aspectos meramente administrativos, e já se fortalecem vícios burocráticos, como o "reunionismo" e a ausência de discussão política;
i – a necessidade de extrair da nossa atividade diária a experiência que permitirá desenvolver uma prática mais rica e eficiente impõe uma discussão política regular e desimpedida (ou seja, *NOSSA*). Precisamos ter claros os nossos objetivos fundamentais, as condições concretas da O(rganização) para enfrentar estas tarefas, e se o trabalho desenvolvido atualmente está ampliando estas condições e nos aproximando daqueles objetivos. É esta a discussão a ser travada em caráter de urgência pelo pessoal, para recolocarmos o bonde nos trilhos, adquirirmos uma consistência e uma direção política. Este processo de crítica e autocrítica deve ser conduzido com a máxima honestidade para cumprir seu papel revol(ucionário).

---

9. Esta carta, sem assinatura, modifica profundamente o tom presente na correspondência dirigida à Suzana, pelo óbvio motivo de seu conteúdo. Fragmentos das palavras, entre parênteses, acham-se omitidos — por segurança? — no manuscrito original.

NOME: LUIZ EURICO TEJERA LISBOA
CODINOME: "MÁRIO"
RESIDÊNCIA: Travessa Cauduro, 11 erq. Osvaldo Aranha - apto. 102
ORGANIZAÇÃO: VANGUARDA ARMADA REVOLUCIONÁRIA - PALMARES *
FILIAÇÃO: PAI: Eurico de Siqueira Lisboa
MÃE: Clelia Tejera Lisboa
NATURAL DE: Pôrto União/SC
DATA DE NASCIMENTO: 19.jan.48
PROFISSÃO: Estudante
PRISÃO PREVENTIVA SOLICITADA EM:
OBS.: Consta que está casado com SUSANA KENIGER
24 ago 71 - Consta em relação de elementos ligados a grupos esquerdistas de Sta. Maria.
24 set 71 - Citado no depoimento de SILVIO ELLIOFT PEREIRA prestado ao DOPS/RS, citado pelo nome Luiz Eurico de tal que participou do assalto a casa do pai de Saione, de onde furtaram armas.
Condenado pelo STM a 6 meses de detenção. A 1ª Aud 3ª CJM expediu o mandado de prisão.

* Pertence atualmente a AÇÃO LIBERTADORA NACIONAL - ALN

Ficha de Luiz Eurico no DOPS-RJ.

Acima e ao lado, o "Bolão"; abaixo, férias na praia com os seis irmãos, tia e mãe.

Ao lado, boletim escolar de Luiz Eurico (1965). Abaixo, foto do passaporte (1969), e o "Exército Brancaleone" reunido em congresso da UGES no interior gaúcho (1968).

Acima e no alto, a edição de *O Julinho* e a acusação de subversão por tentativa de reabertura do grêmio estudantil do colégio. Ao lado, as resoluções políticas aprovadas no I Encontro de grêmios estudantis, e panfleto da ALN.

Luiz Eurico e Suzana no dia do casamento e na lua-de-mel.
Ao lado, com a mãe de Suzana, Milke Keniger.

Cartaz da campanha pela Anistia e capas de *IstoÉ* e *Movimento*, quando da descoberta do corpo de Luiz Eurico.

No alto, à esquerda, Suzana na pensão do bairro da Liberdade. Acima, Comissão de Familiares, na abertura dos arquivos do DOPS-SP. E ao lado, matéria de *Zero Hora*, sobre processo contra a União por ocultação do corpo.

Em frente ao "Julinho" — Claudio Gutierrez, Carlos "Minhoca" De Ré, Suzana e Enrique Padrós, e a homenagem em rua do bairro Rubem Berta, de Porto Alegre.

depoimentos

Um poeta que se viu obrigado a trocar a pena pela metralha

ANTONIO HOHLFELDT[10]

Estando em Pelotas, a serviço, enquanto jornalista, certa tarde deparei-me com a revista *IstoÉ* exposta junto à porta de uma banca. Ali, em letras garrafais, o anúncio da confirmação de identificação de um jovem guerrilheiro cujo corpo, resgatado pela viúva, começava a desmascarar objetivamente as mentiras que, ao longo de muito tempo, a ditadura teimava em promover junto à opinião pública menos informada: que os desaparecidos haviam fugido, certamente ainda estavam vivos. O corpo mutilado daquele jovem militante levantava a ponta de um iceberg, tragédia terrível que a maioria dos países do chamado Cone Sul da Tortura ainda hoje luta para ultrapassar.

Contudo, o que me atraíra na capa daquela revista não fora apenas o episódio em si. Embora relativamente distante de acontecimentos ligados à militância armada durante a segunda metade da década dos sessenta, sempre tivera posições políticas e atividade intelectualmente muito claras. De sorte que o assunto, em si mesmo, me interessava porque fazia parte de minha própria vivência.

Ocorre que o nome constante da capa — Luiz Eurico Tejera Lisbôa — havia provocado fortíssima carga emocional em minha memória: eu fora colega de Luiz Eurico no Julinho, e embora nossa relação me tivesse levado uma ou outra vez à casa da família, sua

---

10. Companheiro de Luiz Eurico, no curso clássico do Colégio Estadual Júlio de Castilhos, Antonio Hohlfeldt é professor do PPGCOM da FAMECOS (PUCRS) e pós-doutor pela Universidade Fernando Pessoa.

timidez e reserva não haviam criado nenhuma intimidade maior entre nós. Eu inclusive desconhecia absolutamente essa faceta de sua vida que, repentinamente, me era jogada à cara, fazendo-me sentir, de certo modo, culpado — culpado por não ter militado assim, culpado por ignorar, culpado, sim, até mesmo por não ter morrido como ele.

Retornei a Porto Alegre e, com a autorização pessoal do Dr. Breno Caldas, proprietário do *Correio do Povo,* onde eu trabalhava, escrevi uma crônica em que abria o coração e recordava aquele companheiro. Não deixava de haver certa coragem do *róseo* em publicar aquele texto, e minha em assumi-lo. Mas, no que me tocava, era uma maneira — mesmo que indireta — de redenção.

Mais tarde, conheci Suzana. Tornamo-nos amigos, até pela militância política de nós ambos, e um dia ela me confidenciou: "Sabes que guardo poemas do Ico e gostaria que tu lesses para ver se vale a pena publicá-los?"

Dispus-me de imediato a tal tarefa. Mas passou-se mais algum tempo até que o envelope chegasse às minhas mãos, com um bilhete de Suzana: "Minha cabeça segurou um mês as cópias. Enfim, consigo te mandar".

Li, de um soco, o conjunto dos poemas. De imediato, tive a certeza de que valia publicá-los. Por quê? Em primeiro lugar, porque existem muitos poemas realmente bonitos. Poemas de poesia, se dá para dizer assim. Depois, porque acho que ainda persistem tarefas importantes que devem ser cumpridas por aqueles que, apesar da moda neoliberal e de desarvoramento ante a queda do Muro de Berlim e as modificações profundas por que passou o Leste europeu, continuamos acreditando no socialismo e na possibilidade de um sistema político, social e econômico melhor do que o que o capitalismo nos possibilita.

A ideia do livro, assim, se formou com certa rapidez. Suzana tinha ainda algumas cartas, além de um manifesto inteiramente redigido por Luiz Eurico. Decidimos incluir alguns depoimentos. O que se queria, exatamente com isso tudo? Algo tão simples quanto importante: opor, à tradicional imagem que a repressão criou do guerrilheiro como um ser violento, insensível, desrespeitador de tudo e de todos, a realidade. Que os jovens que, na década de sessenta, optaram pela luta armada e morreram por ela, fizeram tal opção não por ódio mas exatamente pelo motivo contrário. É porque eles tinham amor e sonho, eles estavam tão inundados de sensibilidade que não puderam manter-se egoisticamente preocupados apenas com seus próprios futuros, mas, entendendo que a felicidade só é possível quando é a felicidade de todos, aceitaram assumir essa luta heroica de buscar a felicidade. É isso que esse livro quer também alcançar: que o eventual leitor entenda, com clareza, que a poesia é apenas uma outra face da luta. Ou, se quiserem, a luta também foi feita por amor, inclusive amor à poesia. É isso que norteou a organização do livro. No caso dos poemas, reagrupamos o material disponível em três grandes blocos. No primeiro deles, os chamados "poemas militantes". No segundo, aquelas peças que, de certa maneira melhor evidenciam a ponte entre a aspiração individual e sua concretização coletiva. Por fim, no terceiro bloco, os poemas mais intrinsecamente "líricos". Uma divisão até certo ponto artificial, mas que tenta evidenciar o que, ao longo de muito tempo sempre se tentou negar e esconder: o militante era, sobretudo, um ser humano marcado por forte sensibilidade, capaz de, por tanto amor, dar a sua vida em holocausto em nome de uma utopia coletiva.

Quem foi Luiz Eurico?
Mais do que qualquer depoimento, certamente a poesia de sua autoria, que aqui buscamos resgatar, melhor poderá responder. Mas vale recordar, desde logo, o depoimento do professor Aldo Obino, do Colégio Estadual Júlio de Castilhos, que, a nosso pedido, assim escreveu:

> Aposentei-me no Colégio Júlio de Castilhos há uns vinte anos e tenho que numa turma menor do Clássico de Filosofia, com três

anos de duração, se encontrava, entre Antonio Hohlfeldt, João Gilberto Noll e Roberto Silva, o Luiz Eurico, singular como Noll pelo silêncio e distanciamento, sentado no último banco, sempre longe e nunca dialogando comigo, porém sério, atento e aplicado, não me recordando de suas notas ou se o mesmo permaneceu todo o curso. Correm os anos e um dia lemos em nosso jornal o registro da morte trágica de Tejera pelas forças da repressão de então, no vintênio de 1964 a 1984.

Outros retratos, o leitor terá nessas páginas: o depoimento do hoje conhecido escritor João Gilberto Noll. A memória de um companheiro de militância política, Cláudio Weyne Gutierrez. A história, ainda inédita, de como Suzana Lisbôa, a companheira sobrevivente, conseguiu resgatar o corpo do amado e, ao mesmo tempo, abrir caminho para resgates de outros desaparecidos. Honra-nos, sobretudo, a carta-testemunho da mãe de Ico, comprovando que o jovem militante não tirou do nada sua utopia.

Há uma definição muito clara na poesia de Luiz Eurico. Quanto ao tempo em que vive, e quanto à necessidade de definições:

> Este é um tempo de decisões
> O canto certo
> tem que ser direto
> e atingir como uma bala de fuzil.
> A palavra deve ser uma arma sem requintes inúteis
> de funções evidentes
> claramente parcial
>   e partidária
> para ser contundente
> e ser na História.

Maior clareza raramente se encontra em um escritor. Luiz Eurico não fala por meios-tons, até porque boa parte de seus poemas foram escritos num período em que definição era a exigência maior e obrigatória para todos e onde neutralidade era, objetivamente, também uma definição.

Para o poeta, que ecoa fortemente os "Poemas e Canções" de Bertolt Brecht (lembrem: "eu vivo um tempo de guerra"...), o poema é como a bala de fuzil. Sua direção deve ser segura. E o partidarismo deve retirar a poesia de sua falsa neutralidade, porque inexistente. A imagem se repete em outros poemas e funciona como verdadeiro programa estético:

> Eu
> sou poeta da revolução.
> A minha pena é uma espada.
> E o meu canto
> se eu canto
> é um canto de guerra

Não há o que titubear. E da mesma forma que a luta armada foi uma maneira de tentar construir um mundo melhor para as gerações futuras, o escrever foi também uma tentativa de criar a utopia, ainda que em outro nível.

Muito já se tem citado a famosa passagem de *Galileu Galilei* de Brecht e, de certa maneira, a resposta que a ela foi dada por Augusto Boal no prefácio a "Arena conta Tiradentes", enfatizando a (des)necessidade do herói. Se é certo que são miseráveis e dignas de pena as nações que necessitam de heróis, como o disse Brecht pela boca de Galileu, não é menos verdade que as nações infelizes ainda necessitam desses mesmos (anti)heróis (anti porque não alcançaram, apesar de seu esforço, o objetivo maior por que lutaram), conforme bem entendeu Boal. Luiz Eurico se insere nessa perspectiva. Poeta por essência, viu-se obrigado a trocar a pena pela metralha. E ao fazer tal opção, estava absolutamente consciente do sacrifício (pessoal) e do significado (coletivo) que tal escolha poderia ter.

A opção surge na medida em que a utopia se coloca enquanto realidade palpável e possível:

> Há um Novo Tempo
> de novas coisas!
>
> Todos sabem
> a mudança é irreversível

acredita o poeta, e isso vale qualquer sacrifício:

> Eu tenho frio
> mas sorrio
> tranquilo
> porque transpus montes
> outrora intransponíveis
> e sei que
> há um amanhã
> e um sol
> uma luz
> e uma esperança
> feitos realidade.

Sentimento que, por vezes, é apenas uma leve intuição: "Há uma inquietude no ar/ um nervosismo nas/ gargalhadas gratuitas/ assomam — esporádicos —/ inexplicáveis gritos de dor.// Milhões amontoam-se/ nas arquibancadas/ cheios de impaciência.// Todos querem assistir/ ao próximo espirro da História" a que não falta certa dose de humor ao reduzir a História a um simples espirro, mas que, em outras vezes, tinge-se de uma trágica decisão:

> Cada povo um destino
> Nós traçaremos nossos passos

> — camaradas —
> Incrustaremos na História
> uma pedra rara
> lapidada com a rudeza
> de nossas mãos cansadas.
> Será nossa tarefa
> seu fulgor.
> Será mais que um prazer
> aos olhos diletantes de um povo.
> Será nosso sacrifício (...)
> Serão nossas lágrimas
> no cárcere infecto
> na tortura desumana
> em algum ermo perdido
> do sertão.

Imagem que, de certo modo, anteciparia a sorte de muitos, não tanto a do escritor que acabaria assassinado, à traição, num quarto de pensão barata e suburbana de São Paulo.

Mas é a crença na liberdade e, sobretudo, no povo, que incentiva e dinamiza a ação do revolucionário e do poeta:

> Há um povo que sofre
> Há um povo que geme
> E há outros
> como eu
> que embora
> saibam desse sofrimento
> e ouçam esses gemidos
> não sofrem
> e não gemem.

Certa consciência pesada, certo sentimento de responsabilidade omissa é o que parece atuar e pesar sobre esses jovens de que se faz porta-voz o poeta, numa espécie de eco do que Antonio Gramsci entendia devesse ser o "intelectual orgânico", capaz de falar em nome de uma classe espoliada, mesmo que não a sua, mas com a qual se identificasse orgânica e essencial, radicalmente. Ultrapassa-se, assim, a questão particular e pessoal para inserir-se no episódio coletivo. Acredita-se, sim, no povo, e em seu nome chega-se mesmo a questionar essencialmente a teoria política que, até então, sempre o guiara:

> Procuro o homem do povo
> o proletário
> o camponês
> o assalariado
>
> Procuro o homem do povo
> explorado
> famélico
> desabrigado
> o que dorme na mansidão
>   do não saber.
>
> (...)
> Renuncio à Revolução calculada
> milimétrica e friamente
> no racionalismo tecnicista
> dos 'cientistas'
> da transformação social.
> (...)
> Hoje
> quero ser um homem do povo.
>
> Viver por um dia
> as estatísticas
> dos levantamentos do Partido.
>
> Fugir por um momento
> ao jargão, ao palavreado

e chegar ao real.
(...)
Porque necessito
paixão em minha luta
entusiasmo em minha voz
firmeza em meus passos
amor ao meu povo
e fé na sua vitória.

A esta busca tão radical como que reflete — no sentido do espelho, complementarmente — os dois poemas finais dessa primeira parte. O primeiro é um poema dirigido à amada em que o poeta, com dolorida consciência, dela se despede:

Adeus, Doce Amada,
é preciso partir.
Seguirei tranquilo por outros caminhos
pois nosso andar
busca uma mesma pousada.

Depois de confidenciar que "dou às cegas muitos dos meus passos largos", conclui o poeta, dolorosamente:

E se algum dia
— meu anjo lindo —
novo amor florescer em tua vida
ainda assim
pensa sempre em mim
      com carinho
porque estarei pensando em ti
e estarei sozinho.

Não titubeio em dizer que essa finalização é antológica, ao jogar com a simultaneidade de tempos que contém, implicitamente, a oposição companhia-solidão: no futuro, enquanto a amada (hipoteticamente) tiver encontrado um novo amor, o poeta, solitário, ainda estará sendo a ela fiel. O dolorido é, contudo, que em nenhum momento transpareça qualquer solicitação de fidelidade ou qualquer acusação de infidelidade. O profundamente poético, pela coerência, é que o poeta assuma, absolutamente, a solidão que dele exige o gesto radical.

Da mesma forma que, de certa maneira, fica como herança explícita ao desejado filho, sinteticamente denominado "Suzico" (isto é, Suzana e Ico, apelido de Luiz Eurico).

> Meu filho
> Escrevo agora estes versos para que
> saibas algum dia
> (...)
> estes olhos vislumbraram a beleza
>   de um outro dia
> e este peito coberto de cicatrizes
> já abrigou
> a paixão e o amor.
>
> Para que saibas
> que desde o primeiro passo
> fui presa até a última fibra
>   da poesia
> E que a metralha e a luta
> são em tempo certo
> O meu maior poema
> a grande mensagem de
>   um artista

Estranha premonição. Admirável antecipação, sobretudo na menção a esse "peito coberto de cicatrizes" da (má) sorte que adviria ao poeta. De qualquer forma, destino plenamente assumido por ele.

Na segunda parte do livro encontramos alguns poemas que funcionam como espécie de "chaves" para a compreensão das decisões e opções tomadas pelo escritor. O clima se modifica. O poema mais largo, sobretudo quando se mencionam episódios e personagens, como o Cabo Arraes, o menino Ham-Li, o comandante Che Guevara, a cidade de Memphis ou Luther King, cede lugar a poemas de menores dimensões (na quantidade de versos, não na qualidade, fixe-se desde logo) e onde, à constatação genérica da insensibilidade humana, segue-se o reconhecimento de um clima geral de violência mais ou menos institucionalizada:

> No século XX
> as rosas desabrocham úmidas
> chorando
>
> Têm vergonha
> de sua beleza frágil.
>
> Têm inveja
> da rosa atômica.

O "estranhamento" com tal situação leva-o a um afastamento:

> Há momentos em que tudo
> neste apertado e pequenino mundo real
> me atemoriza.
> E eu — cansado da vida —
> só aspiro à tranquila
> imensidão do nada.

Contudo, longe de se deixar invadir por um *mal du siècle* como no passado, ou a loucura anonimizante e despersonalizante dos roques e das drogas, o poeta faz opção diversa. Reage, engajando-se: "Em apocalipse existencial/ afundei-me em areias movediças.// Cerrei o punho!

Ergui a mão!/ Enviei aos sete mares minhas naus.// Ansiei revolucionar o amor/ materializar o espírito/ sem perder a pureza inicial.// (...) Fiz-me névoa e dispersei-me no tempo./ (ainda estou por me encontrar)".

Num poema sem título, iniciado por "patos azuis selvagens/ dos grandes lagos/ pousaram resvalando/ na limpidez de meu pensamento/ esta manhã" o caminho parece começar a delinear-se, sobretudo quanto ao iceberg a que estivera preso, opõe "no mar das Antilhas/ ao longo da Ilha de Cuba" um "doce calor/ que me liberta." E então transmuta-se em poeta de "fazer verso", ao mesmo tempo em que assume a guerrilha.

A opção pela luta armada jamais impediu Luiz Eurico de expressar-se liricamente. Pelo contrário. Leia-se o conjunto de (poucas) cartas remanescentes. Em algumas delas escorre, com absoluta nitidez, o significado profundo que o encontro do amor, através de Suzana, sugere-lhe para a luta política. Optando pela clandestinidade, obrigado a estar perto, geograficamente e, ao mesmo tempo, longe, por não poder aproximar-se da amada, Luiz Eurico se desespera mas lança mão de toda a força da racionalidade para resistir. Sabe que sucumbir é não apenas colocar-se em risco mas também perder a amada. Ora, esse sentimento não está ausente da contradição que em vários poemas da parte final — poemas tão mais curtos quanto mais profundamente líricos — chega a expressar. Ora o amor é de uma simplicidade solar: "Eu quero/ Você quer/ vamos amar então" quase repetindo aqueles poemas-piada do modernismo paulistano de 22 à la Oswald, de que não escapa sequer o eco da velha quadrinha portuguesa:

> Há uma mesma canção
> em nossos lábios
> e um mesmo desejo
> em nossos corações.
>
> Mas se eu te quero
> e não me queres,

quem se engana
de nós dois?

Ora o amor se complica, transformando-se em pesado enigma:

(...)
É verdade...
conheço todos os caminhos
do teu corpo. Mas ignoro as trilhas misteriosas
da tua alma de menina e de mulher.
E embora eu te ame e eu te deseje tanto
há nessa felicidade sem par
um instante singular de tristeza.

A nostalgia da infância, por isso mesmo — segredo que carregamos conosco ao longo do tempo —, instaura-se então como uma espécie de topos — de lugar comum — compreensível para todos nós, independentemente de quaisquer opções que tenhamos tomado no futuro. Ela pode tingir-se de recordação pura e simples, como em "19 de janeiro", referência direta à data de seu nascimento, ou atingir uma maior profundidade da saudade, significativamente metaforizada nas "pandorgas ao vento" de "Infância":

Pandorgas ao vento
no céu azul de verão!...
— Tão pequeninas que
nem as vejo mais...

As pandorgas ao vento
no meu sonho triste
de saudade!...

Nostalgia que retorna num poema mais dramático, colorido também de tristeza: "Uma tristeza angustiante/ falta indefinida de algo/ me deixa prostrado a sofrer./ Por mais que a mente procure divagar/ o coração me devolve, insistente,/ a tua imagem cheia de ternura/ e a candura do teu olhar./ E em choro sem lágrimas/ lamentações sem palavras/ vou morrendo devagar/ da dor dessa saudade" numa passagem das mais sensíveis na poesia desse jovem poeta guerrilheiro. Pouco a acrescentar, que a poesia de Luiz Eurico Tejera Lisbôa fala por si mesma, sem necessidade de tipoias. Da mesma forma que o poeta se predispôs a reexaminar conceitos e aproximar-se da realidade-real do homem do povo, distanciando-se da teoria abstrata, o que fez também e sobretudo enquanto militante, Luiz Eurico não deixou de manter abertos os olhos e preciso o seu sentido crítico para analisar, em que pese o distanciamento e isolamento a que muitas vezes viu-se obrigado, por força da clandestinidade, os acontecimentos que ocorriam mais distantes. Melhor dizendo, é muito provável que a própria experiência de isolamento a que se via voltado, em certos momentos, tenha-lhe ampliado o sentido crítico que o poema final com que decidimos encerrar esse volume traduz com fidelidade. Sem abjurar em nenhum momento, sem abrir mão em tempo algum da utopia maior do socialismo, Luiz Eurico não deixou de registrar seu protesto pelos acontecimentos ocorridos em Praga. Por isso lemos, em "Rei nu":

> O Rei atravessou nu as
> ruas de Praga.
> Aboletou-se
> — pomposo e ridículo —
> na Praça de São Wenceslau.

E depois de descrever a "pompa/ a pose ridícula" o poeta se dirige a outra testemunha: "Corre, pequeno Yachnov,/ esconde-te sob meu casaco. (...) Tu também, pequeno Yachnov,/ aprenderás a escalar montanhas/ na escuridão,/ a viver de sorrisos e lembranças/ à beira do fogo,/ entre camaradas," numa espécie de exortação que antecipa a frustração e a desorientação que os acontecimentos da década dos noventa traria aos que teimam em acreditar no socialismo. E em que pese a desconfiança de que ele, o poeta, não estivesse mais presente, para a nova luta, não esmorece e aposta no futuro:

> Sê forte. Não desfalece com a minha morte.
> Enterra-me com a roupa do corpo,
> leva as minhas botas
> que ainda te serão úteis
> e cuida bem desta velha arma,
> azeita-a de quando em quando,
> e conserva-a sempre limpa.
> Até lá tenho muito a ensinar-te
> e mais ainda aprenderás com os outros.
> Vamos! Rápido!
> A Carabina — EIA — Segura!

E o grito dirigido a Yachnov — o filho Suzico? — é também um grito dirigido a todos nós. O livro, tal como o visualizamos, não se encerra, porque se reinicia, ainda que em outro âmbito e outro nível. Vencidas e ultrapassadas aquelas primeiras utopias — pelas quais a possível poesia do verso deu lugar à poesia da arma e em seu nome ceifou vidas, inclusive a do próprio poeta — chegamos a outras (e mesmas) utopias: há que resistir, há que acreditar, há que, sobretudo, continuar com a poesia, nossa maior forma de luta. Essa a grande lição que recebemos de Luiz Eurico Tejera Lisbôa e de seu exemplo de vida (e de morte):

> Hoje é preciso ser claro
>   e ser marco
> como a Aurora Boreal
> (...)
> Não perdoo a obscuridade
> o canto farisaico
> que agrada a todo mundo
> sem arregimentar ninguém

Não perdoo a fala de
>> labirintos
que o povo não consegue
e 'nem deve' compreender
Não perdoo a alegre voz
>> das sereias
que arrasta os incautos
para afogá-los
nas traiçoeiras águas azuis
dos oceanos metafísicos.

Poder-se-á acusar Luiz Eurico de muitas coisas. Poder-se-á discordar profundamente de Luiz Eurico. Mas jamais poder-se-á dizer que Luiz Eurico não sabia por onde queria andar ou, que o sabendo, tivesse se omitido de indicar o caminho que pensava ser o melhor. É isso que, com consciência, tranquilidade e coerência, sua poesia nos demonstra. E com a mesma tranquilidade quase anônima com que deu a vida pela utopia que alimentou, não fosse o heroico resgate alcançado pela companheira Suzana, a poesia de Luiz Eurico ultrapassa a barreira dos tiros covardes que o eliminaram no esquecido quarto de pensão suburbana de São Paulo. Vai além das pesadas pás de terra que o tentaram destruir no cemitério de Perus, na anônima cova de um indigente desconhecido e se reafirma, com força e tenacidade, para além do aqui e do agora, para além dos versos que não se perderam, que a poesia maior se faz de vida e de morte — vida e morte como a que ele, o poeta, foi capaz de experimentar e nos legar enquanto exemplaridade inesquecível. É assim a poesia de Luiz Eurico Tejera Lisbôa.

P.S. Releio os textos de Luiz Eurico e releio este texto que escrevi na ocasião da primeira edição deste livro que chega, agora, à sua terceira edição. É decepcionante saber-se que ainda há gente insistindo que os tempos da ditadura foram ótimos, que vivemos no melhor dos mundos e que os assassinatos... bem, os assassinatos foram uma mera necessidade instrumental. Luiz Eurico evidencia, com seu sacrifício, que eliminamos algumas das melhores pessoas de nossa sociedade. Quem sabe, por isso mesmo, continuamos numa indigência tão grande quanto à sensibilidade da importância que a verdadeira cidadania exige de todos e de cada um de nós. Quem sabe os mais jovens, sobretudo, se sintam iluminados pelo exemplo de vida de Luiz Eurico: quando se admite que mais de meio milhão de pessoas podem morrer de uma pandemia, quando continua se discriminando negros, mulheres e integrantes dos grupos LGBTQIA+, infelizmente refletimos que muitos mais Luiz Euricos ainda são necessários entre nós. Ele entendeu o verdadeiro sentido do amor.

Linha Pirajá, julho de 1993.

Ico – a Guerrilha Brancaleone
CLÁUDIO WEYNE GUTIERREZ[11]

Este é um livro contendo escritos de Luiz Eurico Lisbôa. Poesias, cartas, ensaios, manifestos políticos. Sua apreciação não poderá ser dissociada de um determinado momento da história de nosso povo, de sua juventude em especial. Uma época de resistência contra o arbítrio e as injustiças sociais.

Conheci o Ico no ano de 1966. Foi através dele que me integrei à base estudantil do Partido Comunista Brasileiro no Colégio Júlio de Castilhos, começando a participar mais ativamente do movimento estudantil. Luiz Eurico havia iniciado sua militância na Juventude Estudantil Católica, com breve passagem pela organização Ação Popular. Integrado ao partido, era um ativista de grande dedicação, alternando sua militância entre Santa Maria, onde residia na Juventude Universitária Católica (JUC), e Porto Alegre.

A ditadura militar encontrava-se relativamente consolidada. À intervenção nos sindicatos e entidades estudantis e ao amordaçamento da imprensa e da sociedade civil, somavam-se a pauperização da população e o arbítrio em todas as instâncias da vida nacional.

Nestas circunstâncias, o movimento popular começa a se rearticular. O MIA (Movimento Intersindical Antiarrocho), a reorganização da UNE, parlamentares que levantam a voz contra o arbítrio, atividades teatrais e culturais contestadoras, os protestos contra o assassinato na tortura do Sargento Soares, em nossa cidade, são momentos importantes neste sentido.

---

11. Cláudio Weyne Gutierrez é escritor, autor de *A Guerrilha Brancaleone* (Editora Sulina, 2022), e militou no movimento estudantil ao lado de Luiz Eurico.

O movimento estudantil terá um papel de destaque nesta retomada. Para usarmos uma terminologia um pouco desgastada, havia condições objetivas para que assim sucedesse. A juventude, tanto a universitária quanto a secundarista, não tinha nenhum horizonte naquele quadro recessivo e enfrentava dificuldades muito concretas no seu dia a dia. É claro que a tradição e a história da UNE a favor das reformas sociais e a rebelião natural dos jovens contra o autoritarismo e sua abertura às ideias novas também contribuíram para que isto acontecesse.

Porto Alegre era uma cidade com tradição de luta política. A Legalidade e a tentativa de resistência ao golpe de 1964 ainda estavam presentes. Pelas ruas, circulavam bondes. A área portuária, a Mauá, a "Volunta" e a "Sete" tinham intensa vida noturna, com bares, prostitutas e cabarés. O Rian, no Centro; o Fedor, no Bom Fim, a livraria Coletânea... eram instituições. A remoção da Ilhota e a destruição das casas antigas na Cidade Baixa para a abertura da avenida Perimetral também eram partes deste contexto.

No movimento estudantil, particularmente no Colégio Júlio de Castilhos, a rebeldia dos estudantes encontrava canais de expressão através de grupos organizados, dentre os quais o PCB, a AP[12] e os Posadistas[13] eram os mais ativos. Era um ambiente de discussões intensas. Nós, do PCB, estávamos em luta interna contra a direção partidária, a qual considerávamos "reformista" por adotar a tática de Frente Única e preferencializar formas institucionais de oposição à ditadura. A Ação Popular, grupo originário dos movimentos

---

12. Organização de esquerda formada por católicos, apoiava as reformas de base e tinha forte inserção no movimento estudantil antes do golpe de 1964. Com o golpe, a AP se radicaliza e a maioria de seus membros adota a análise marxista, tendo na China de Mao o modelo de socialismo. A maioria da organização se funde com o PCdoB, na época também Maoísta.

13. Grupo político que tinha o intelectual argentino J. Posadas como seu principal teórico. Primeira organização trotskista a atuar no Sul, tinha teses ousadas como as que os OVNI's e os extraterrestres eram aliados da revolução, pois eram originários de civilizações evoluídas que estariam no estágio comunista.

progressistas da Igreja Católica, em sua maioria optava pela análise marxista e pelo Maoísmo, o que levará à posterior aproximação e fusão com o PCdoB. Os Posadistas, primeiro grupo trotskista a atuar no Rio Grande do Sul, tinham em J. Posadas, teórico argentino, seu inspirador. Como todo momento de crise, este foi um período de intenso fervilhar de ideias. Com a aproximação do sexto congresso do PCB, as discussões se acirravam. A leitura dos livros de Caio Prado Júnior e textos de autores norte-americanos, europeus ou mesmo latino-americanos, trazia elementos novos ao debate. Contestava-se a tese da existência de um passado feudal e de uma "burguesia nacional" com interesses antagônicos ao Imperialismo, a etapa "democrática burguesa", a via pacífica e tantas outras particularidades da formação histórica brasileira e de sua revolução. Na discussão política do VI Congresso do PCB, em 1967, forma-se a Dissidência do RS, integrada principalmente por ativistas das universidades e das escolas secundaristas.

No Colégio Júlio de Castilhos, haviam fechado o Grêmio Estudantil em meio à intensa agitação cujos elementos detonadores foram a tentativa de introdução de uma taxa a ser cobrada aos estudantes e atitudes autoritárias, como a proibição das minissaias. Instalamos o grêmio numa barraca, na praça em frente ao colégio. Interrompíamos as aulas em constantes assembleias e passeatas. As edições do *Julinho,* jornal do grêmio, se sucediam. Bastante repercussão teve a edição que protestava, com versos de Castro Alves, contra a violenta repressão a uma passeata estudantil que terminou na maior pauleira dentro da Catedral. Além de nos oporrmos aos acordos MEC-USAID e afetarmos seriamente a serenidade do diretor do colégio, atraímos todo o Departamento de Ordem Política e Social (DOPS) para dentro da escola e, consequentemente, terminamos expulsos do Julinho.

Já na Dissidência, as bases secundaristas, especialmente as do Julinho e do Parobé, começaram a questionar a direção da organização. Era época de Vietnã, da Organização Latino-Americana de Solidariedade, do livro *Revolução na Revolução,* de Régis Debray, do assassinato do Che na Bolívia, e dos Tupamaros. Entendíamos que o que definia o caráter revolucionário eram as formas de luta. A palavra de ordem era o "foco guerrilheiro". Para nós, a retórica doutrinarista da direção da Dissidência não passava de desculpa para não enfrentar as tarefas que a revolução nos colocava. Luiz Eurico, que, no processo de luta interna dentro do PCB, havia sido eleito para a direção estadual e era um importante quadro da nova organização, concordava conosco e, numa conferência secundarista, rompemos com a Dissidência-RS. A Dissidência, futuro POC[14], passou a denominar-nos Exército Brancaleone.

Nessas circunstâncias, nossas preocupações eram conseguir armas, uma área rural onde deflagrar o foco, contatos com outras organizações foquistas e ações revolucionárias na cidade. Éramos ativistas de tempo integral, e através de desapropriações e ações de massa (passeatas) fomos adquirindo armamentos. Neste museu da segunda guerra, tínhamos uma metralhadora Stein MKO (arma inglesa muito usada pela resistência), uma pistola Luger, uma pistola Mauser de repetição, um 38 de cano torcido (capturado numa passeata), um 38 cano longo com cabo de madrepérola, um rifle Urko, pistola de cápsula de gás (também obtida numa passeata), etc... Tínhamos uma relação lúdica e erótica com nossas armas. O certo é que a VPR[15] de São Paulo morria de inveja de nosso arsenal, pois tinha apenas uma metralhadora Thompson lata de marmelada (daquelas usadas pelos gângsteres de Chicago).

Ico e eu fomos ao Rio e a São Paulo, onde estabelecemos contato com a VPR em formação (dissidência da POLOP[16] e sargentos

---

14. Partido Operário Comunista, fusão da POLOP com a Dissidência-RS.

15. Vanguarda Popular Revolucionária, organização formada pela fusão de um setor do MNR com um racha da POLOP. Participa da fusão que resulta na VAR-Palmares, voltando a reorganizar-se de forma independente sob a liderança de Carlos Lamarca.

16. Política Operária, grupo político formado por intelectuais que se propunham a formar um partido de vanguarda da classe operária.

do MNR[17]), ALN[18], na época ainda dissidência de São Paulo, e as dissidências[19] da Guanabara e do estado do Rio. No Rio Grande do Sul, mantínhamos relações com a Frente de Libertação Nacional[20] e o 26 de Julho[21], movimento originário do MNR. Ademais dos militantes secundaristas, ganhamos alguns setores universitários, militantes do 26 e ex-militantes do PCdoB. Buscávamos uma área rural onde iniciar o foco guerrilheiro. Não aceitávamos as propostas da VPR e da ALN para integrarmos seus respectivos focos: o foco era nosso. Não abandonávamos, porém, o movimento estudantil, celeiro principal de nossos ativistas, e ganhamos para nossas posições políticas o presidente da União Gaúcha de Estudantes Secundários, Andrés Favero.

A UGES estava nas mãos da direita desde o golpe de 1964, quando sofrera intervenção. Mas no explosivo ano de 1968, cujo início escolar dá-se com o assassinato de Edson Luis, no Rio de Janeiro, a esquerda estava na direção da UGES. A entidade teve um papel importante nas manifestações de 1968, utilizando toda a sua estrutura para mobilizar a população e os colégios secundaristas. Foi o auge da resistência popular ao golpe. Começamos a radicalizar cada vez mais nas manifestações de rua, organizando a resistência à repressão. Através de nossos militantes nas escolas, distribuíamos barras de ferro, coquetéis molotov, estilingues e bolinhas de gude para enfrentarem a tropa de choque, a cavalaria e os veículos da repressão. Antes de cada manifestação formava-se um clima de guerra civil,

---

17. Movimento Nacionalista Revolucionário, grupo político formado principalmente por militares nacionalistas e de esquerda, expurgados das forças armadas. Tinha em sua origem vinculação com Leonel Brizola.

18. Ação Libertadora Nacional, grupo político resultante da Dissidência-SP e dos militantes do PCB que acompanharam Carlos Marighella na cisão.

19. Cisões do PCB no processo do VI Congresso, realizado no ano de 1967. A do Rio Grande do Sul dá origem ao POC. A de São Paulo dá origem à ALN, a da Guanabara ao MR8.

20. Grupo que atuava no Rio Grande do Sul, se funde com a VAR-Palmares no ano de 1969.

21. Grupo político ligado ao MNR, que atuava no Rio Grande do Sul.

com as autoridades policiais veiculando notícias e comunicados nas rádios, prevenindo a população para os enfrentamentos que adviriam. Em Porto Alegre, e no resto do Brasil, travaram-se memoráveis jornadas de luta contra a ditadura militar, verdadeiros ensaios de rebelião, com amplo apoio da população.

Mantínhamos contatos periódicos, principalmente com a VPR e a ALN, já então consolidada, as principais responsáveis pelas ações que se sucediam nas grandes cidades brasileiras, especialmente São Paulo e Rio de Janeiro. Esta solidariedade entre as organizações às vezes se materializava em "doações generosas", como dinamite e troca de experiências, cursinhos, etc. Nossas aventuras e desventuras neste período foram inumeráveis. As ações revolucionárias se multiplicavam, a maioria delas malogradas, e, por mais que eu seja um materialista convicto, digo graças a Deus. Nosso quartel-general era o Bom Fim, como de toda a esquerda. Nosso aparelho era o "apê" do Newton, na Ramiro Barcelos, onde guardávamos as armas, os explosivos, o material de impressão, etc. O Luiz Eurico morava na Cauduro, eu na Santo Antônio e a Suzana na Fernandes Vieira. A impressão que tenho é que se os militares estabelecessem um cerco ao "gueto", terminariam a revolução brasileira, e quiçá, a mundial.

No Congresso da UGES, em Santa Rosa, em 1968, a direita, com apoio descarado dos órgãos policiais, de informação e do governo do Rio Grande do Sul, retomou a entidade. A partir deste momento, Luiz Eurico passou a coordenar o Movimento 21 de Abril, nome que adotaríamos no movimento de massa secundarista. Assim, junto com encontros estudantis e ações revolucionárias, íamos levando a vida. Namorávamos, íamos aos cinemas — o cine Rex era passagem obrigatória —, teatros, bares, etc. Era época dos Beatles, Festivais da Canção, Chico, Caetano e Vandré. Na área cultural, principalmente no meio teatral, havia muita preocupação com as ameaças do CCC, o Comando de Caça aos Comunistas, particularmente a partir do espancamento sofrido pelos artistas da peça *Roda Viva*. Assim, diversas vezes ajudamos a fazer o serviço de segurança do Teatro de Arena e do DAD da UFRGS, geralmente com arsenais desproporcionais que incluíam a Stein e a Ina (metralhadora que conseguíamos via o que hoje poderíamos denominar de empréstimo compulsório).

No segundo semestre de 1968, com a radicalização das formas de luta, o movimento de massas teve um refluxo. A repressão se acirrava e os relatos dos companheiros de São Paulo e Rio descreviam o quadro de horrores que se sucediam nos porões da ditadura. A sociedade brasileira sofria transformações, vislumbrava-se o início do "milagre econômico" e nós não percebíamos isso. Com o aumento da repressão, nosso Estado começa a ser muito solicitado como canal para o exterior, tanto para companheiros que buscavam refúgio, devido ao desmantelamento de suas organizações, como para contatos internacionais. Os primeiros deslocamentos foram de quadros da VPR e depois da ALN. Tínhamos consciência que tais procedimentos afetavam seriamente nossa segurança. Algumas prisões que havíamos sofrido já demonstravam a nossa precariedade organizativa.

Em meados de 1969 entramos em crise. Percebíamos o esgotamento e a fragilidade de nossa estrutura. Alguns companheiros optaram por vincular-se à VAR[22], fusão da VPR com o COLINA[23] (organização originária de Minas), dentre eles, Luiz Eurico, que passa a compor o comando estadual. Às vésperas do Congresso, do qual já não participou, Luiz Eurico rompe com a VAR. A VAR unificada teve vida curta, nossos companheiros acompanharam a reorganização da VPR. Luiz Eurico e eu buscávamos contatos com a ALN, cada um por seu lado.

No final de outubro de 1969, o Ico e eu fomos condenados pelo processo que tínhamos na Justiça Militar referente à tentativa de reabrirmos o Grêmio do Julinho. Foram meus últimos contatos

---

22. Vanguarda Armada Revolucionária-Palmares, fusão da VPR com a Colina e outros grupos menores, ocorrida no ano de 1969.

23. Comando de Libertação Nacional, organização oriunda de Minas Gerais, com ramificações no estado do Rio de Janeiro.

com ele. Resolvi ir ao Uruguai, sem utilizar o esquema da ALN. Luiz Eurico preferiu ficar. Poucos dias depois, era assassinado Carlos Marighella, e caía o esquema de fronteiras. Luiz Eurico retomou seus contatos com a ALN, junto com Suzana, viajando a Cuba e voltando ao Brasil para prosseguir a luta armada.

De Luiz Eurico, guardo como lembrança sua personalidade terna e seu comportamento firme, sua convicção nos ideais de uma sociedade justa, socialista, sua entrega total a esta causa. Tenho certeza que, juntos, cometemos muitos equívocos, porém isto deve ser contextualizado num quadro de cerceamento absoluto das liberdades e de terrorismo de Estado. No museu de horrores do período de ditaduras militares que assolaram nosso continente, três companheiros ligados ao Colégio Júlio de Castilhos pagaram com a vida por acreditar e lutar por uma sociedade mais humana. Jorge Alberto Basso, o "Jorginho", desaparecido na Argentina, Nilton Rosa da Silva, o "Bem Bolado", assassinado no Chile, e Luiz Eurico, desaparecido em São Paulo, no ano de 1972. Este foi um fenômeno latino-americano, e suas mortes somam-se às muitas dezenas de milhares de jovens — sem dúvida, parcela considerável dos melhores filhos de nosso continente, que desapareceram numa guerra absolutamente desigual.

Luiz Eurico transformou-se num símbolo, por seu desprendimento e sacrifício e por haver sido o primeiro desaparecido político brasileiro a ter o corpo localizado. Muito contribuiu para isto a luta de sua companheira Suzana Lisbôa, em favor dos direitos humanos e das famílias dos mortos e desaparecidos políticos. Tenho certeza que a melhor maneira de homenagearmos o Ico é continuarmos acreditando na construção do socialismo, uma sociedade humanista e libertária, e lutarmos para não permitir que o fascismo e as ditaduras voltem a se impor em nossa terra.

Porto Alegre, 15 de julho de 1993.

O denso silêncio do Lisbôa
JOÃO GILBERTO NOLL[24]

Quando me pediram um texto rememorativo sobre Luiz Eurico Tejera Lisbôa, no Colégio Júlio de Castilhos (onde nós fomos colegas de turma no curso clássico, em meados dos sessenta), falei: mas como?, o Lisbôa era até mais quietão que eu, pouco trocávamos palavras... Mas, antes de terminar meu argumento, senti que algum evento vinha sendo acionado lá dentro, talvez imagens que não se constituíam propriamente numa memória definida, pois mostravam-se bem aquém da claridade de certas cenas a que podemos conferir o status de lembranças, eram, sim, coisas muito, muito vagas, coisas que me davam a impressão de terem estado adormecidas até ali — e com aquele convite, agora, como que despertavam, não a partir de um estremecimento, não, mas devagarinho, como se emergissem com a qualidade própria do que por enquanto não podia se alçar além do turvo, baço, sujeito a bruscos lapsos, rasgões...

Quem era?, que figura era essa sobre a qual a minha mente procurava incidir após esses anos todos, e mais: eu conseguiria reter aquelas horas já difusas, que compunham a formação de um adolescente tão expressivo da ardente semântica daqueles anos?

De qualquer modo, minutos depois do convite, eu já conseguia ver com alguma nitidez que ele estava ali, ele, o Lisbôa, na sala da aula, os braços sobre a mesa ao lado da minha — e dele se irradiava um silêncio que eu não sabia decifrar, me parecia, sim, que este silêncio tinha a ver, por algum motivo ainda nebuloso, com o

---

24. O escritor João Gilberto Noll (1946-2017) foi colega de turma de Luiz Eurico no curso clássico do Colégio Estadual Júlio de Castilhos.

obsessivo senso de justiça que aquele garoto ia tecendo, e eu procurava adivinhar uma relação entre este silêncio e o seu passionário instinto de justiça, traduzido por suas breves palavras tantas vezes indignadas e pelas listas de assinaturas que ele me passava com corajosa clareza política para a conjuntura... Mas enfim ele estava ali, o Lisbôa, e eu me pergunto hoje se o seu silêncio naquele período poderia ter vínculos com alguma necessidade de se fortalecer, de não deixar vazar quem sabe qualquer ponto que pudesse se tornar vulnerável para o seu já franco cotidiano de militância política; ou, me pergunto ainda: quem sabe este silêncio já possuía uma abrangência maior, a do adolescente não querendo esmorecer, um exercício diário, quase religioso — recolhimento laico de limar os nervos diante da destinação armada que muitos já sonhavam cumprir, não sei... Sei que emanava dali um silêncio incisivo... como se pretendesse atingir uma afecção que dominava a atmosfera em volta... sim, eu lembro...

É que havia no Lisbôa um certo olhar, um jeito que não permitia a distensão de palavras derramadas, um modo de quem desejava com quase devoção um determinado caminho de liderança, podendo dar a impressão de que, lá no seu íntimo mais secreto, dentro daquela porção inconfessável para o meio social, ele cultivava a convicção de estar se preparando para tocar numa espécie de horizonte épico, e que, portanto, era preciso ir forjando um coração ausente, ainda ausente daquela história colegial ali em volta, daquele *set* enfim que experimentava não mais do que um momento intervalar, como se ninguém pudesse adivinhar até aquela data a real envergadura do que todos nós ali teríamos a chance de viver depois, fora dos muros da adolescência.

Agora me dou conta de que o Lisbôa começava a desenhar durante aquelas aulas a escrita de toda uma geração, e esta escrita tentava extrair da letárgica organização do mundo um frêmito de utopia que restaurasse entre os homens uma igualdade quase que primal embora projetiva — larva elementar acreditando encarniçadamente preparar na calada dos afazeres de rotina o voo do futuro.

Uma geração que, mesmo com seus avassaladores enganos, produziu duramente como poucas o seu paradigma de missão histórica.

O silêncio do Lisbôa, ali, aparentava armazenar uma ira, e a sua expressão surda de ira de fato era inegável em certos instantes daqueles convívios no Julinho; mas ele deixava ocluso este nó de fúria, nunca o arrebentou em cima de ninguém que eu visse — este nó parecia ser muito mais o sentimento de urgência quase que afogada na sua extrema juventude, uma aflição, um espinho, e hoje sabemos que ele tinha razão em trazer dentro de si esta urgência.

Tanta razão que, pouco mais de uma década depois, eis-me aqui diante de uma banca de jornais, pegando uma revista que mostra uma fisionomia conhecida, a de Luiz Eurico Tejera Lisbôa, e esta fisionomia, ali, parecia ter saído da premência de uma época e estar agora habitando uma espécie de história invisível, serenamente jubilosa por algum motivo que para mim, ali, naquela calçada, não penetrara ainda no entendimento... Ao lado, a informação: encontrado o corpo do desaparecido pela repressão militar. Desde a conclusão do curso clássico, nunca mais soubera dele...

Agora ao telefone, me pedem um texto sobre o Luiz Eurico.

A tarde é chuvosa, de som apenas o tamborilar de umas gotas num zinco aqui perto, e de pronto aceito a tarefa. Me sento e, pouco a pouco, começo a observar, calado, o silêncio do Lisbôa numa tarde assim há quase trinta anos atrás. E me pergunto se eu aqui, durante este intervalo entre as aulas, observando o silêncio do Lisbôa que remexe em suas coisas sobre a mesa, com a rapazeada em torno fazendo uma algazarra nada impositiva, quase em surdina, me pergunto se eu poderia supor que quase trinta anos depois estaria escrevendo sobre o denso silêncio deste colega do Julinho, sobre este silêncio cuja voz nos chega hoje, quase trinta anos depois, em poemas que ainda não conheço, e que serão acompanhados na edição por algumas cartas de amor...

Não choro de pena de meu filho
CLELIA TEJERA LISBÔA[25]

Faz hoje vinte dias que fiquei sabendo dos acontecimentos relacionados com a morte de meu filho Luiz Eurico Tejera Lisbôa, desaparecido na primeira semana de setembro de 1972 e localizado, há mais ou menos dois meses, no cemitério de Perus, Estado de São Paulo, sob o falso nome de Nelson Bueno.

Por estar em Salvador, na Bahia, acompanhando uma filha que fora hospitalizada, meus familiares não quiseram comunicar-me logo o que ocorria em relação a Luiz Eurico. Só tomei conhecimento dos fatos após meu retorno a Porto Alegre.

Antes de mais nada, quero deixar bem claro que a versão de suicídio, dada por ocasião de seu assassinato, jamais será aceita por mim ou por qualquer pessoa que o tenha conhecido de perto. Quanto às tentativas de enlamear seu nome, são torpes e nojentas demais para que me digne a discuti-las. Partindo de quem partiram, nem sequer me causam surpresa. Os amigos de meu filho, os que de um ou outro modo conviveram com ele, sabem que Luiz Eurico era um jovem idealista e estudioso. Seu único vício era a leitura, numa preocupação constante com o momento político e econômico deste país, indo à raiz dos fatos e buscando entender suas causas.

Releio neste momento a declaração apresentada no I Encontro Estadual de Grêmios Estudantis, realizado de 21 a 23 de junho de

---

25. A mãe de Luiz Eurico, ao saber da descoberta do corpo do filho e de todos os acontecimentos que antecederam seu assassinato, escreveu essa carta publicada pelo jornal *Em Tempo* n. 87, de outubro de 1979. O texto, por sua coerência e coragem, é documento obrigatório na história recente de nosso país, relembrando, de perto, aquela *Mãe Coragem* do dramaturgo alemão Bertolt Brecht.

1968, cuja redação esteve a seu cargo. Escrevendo, e lendo alguns trechos em voz alta para que eu pudesse acompanhar seu pensamento, dizia ele a certa altura:

A juventude já não aceita refugiar-se no intelectualismo oco de outros tempos, mas também recusa-se a compactuar, por assentimento ou omissão, com uma ordem social que desumaniza o indivíduo e destina à fome e à mais completa ignorância quase dois terços da humanidade.

A cultura deve extravasar os círculos limitados do deleite ou realização pessoal para assumir o papel de agente dinâmico na transformação da sociedade.

Este mundo de guerras, de sobressaltos e insegurança, do lucro como motor de desenvolvimento, dos grandes monopólios subordinando aos interesses de uma minoria todos os aspectos da vida social, este mundo dividido em explorados e exploradores, em que a fome elimina anualmente milhares de vezes mais vidas humanas do que a criminosa guerra do Vietnã, este mundo perdeu sua razão de ser, quando se consomem milhões de dólares para matar a outro homem, quando os orçamentos militares são constantemente aumentados em detrimento de necessidades vitais, quando a separação entre humildes e poderosos atinge as proporções de um verdadeiro cataclisma, quando as mais ponderadas manifestações de alerta são silenciadas a bala, quando o descontentamento se torna universal e o indivíduo desfalece nas tramas de forças materiais que ele não dirige e muitas vezes não compreende.

Este era o "terrorista" Luiz Eurico Tejera Lisbôa. Seu dizer era claro, firme e coerente com seu modo de pensar e agir. Seus "aterrorizados", assassinos com a cabeça vazia de ideias, souberam apenas empunhar uma arma. Qualquer pessoa com inteligência mediana percebe logo que, tanto ele como vários de seus companheiros também assassinados, constituíam realmente um "perigo" em potencial. Eram inteligentes, estudiosos, sabiam pensar por si mesmos. Haverá razão mais forte para exterminá-los?

Faz hoje vinte dias que venho tentando desviar meu pensamento dessa realidade brutal. Meus olhos estão cansados de chorar. Mas não se enganem. Não choro de pena do meu filho que, onde quer que esteja, deve estar muito bem. É apenas de saudade. Creio numa outra vida. A morte rápida de torturadores me dá a maior certeza disso. Ninguém devendo tanto pode escapar assim ligeirinho se não for pagar em outro lugar.

Os torturadores pagarão

Pelas noites de vigília que passei chorando a ausência de meu filho e a incerteza de seu destino;

Pelos dias, horas e minutos que vivi, numa quase obsessão, esperando que alguém chegasse, de repente, ao meu apartamento, para me dizer onde e como ele estava;

Pelos sete anos que passei sem poder me concentrar em nada, porque em minha mente só cabia sua imagem;

Pelo medo, que tantas vezes me assaltou, de tê-lo de volta inútil e deformado pelas torturas;

Pela miséria mais horrível que eu vi neste Brasil de norte a sul;

Pela vergonhosa impunidade dos torturadores e assassinos;

Pela saudade mais cruel que me acompanhou ao longo destes sete anos e que agora há de prolongar-se até o fim dos meus dias;

Por toda a transformação que meu filho tanto desejou ver neste país faminto e esquecido;

Tenho a mais profunda convicção de que uma força, bem maior que a capacidade de matar de seus assassinos, há de dar o merecido castigo aos que planejaram e determinaram, aos que, por aceite ou omissão, participaram e aos que executaram todo esse horror que está aí, presente, nas faces e nos olhos de mães, esposas, filhos e irmãos daqueles que foram estupidamente torturados e assassinados e dos que ainda sofrem as prisões!

Se ele voltasse...

Não choro de pena de meu filho. E, se fosse possível voltar de onde ele está, eu lhe pediria para continuar pensando e agindo como sempre pensou e agiu. Ainda que isso importasse em ser novamente assassinado. Pois prefiro vê-lo morto, uma e mil vezes, a tê-lo por longos anos a meu lado numa inconsciência inútil, estúpida e criminosa! Luiz Eurico Tejera Lisbôa, seu espírito há de pairar sobre os justos movimentos reivindicatórios deste país, dando força, lucidez e coragem a seus participantes! Luiz Eurico Tejera Lisbôa, onde quer que esteja, há de estar pedindo justiça e liberdade para este povo humilde e esquecido que ele tanto amou!

Porto Alegre, 10 de setembro de 1979.

Renascer o Ico a cada dia
SUZANA LISBÔA

Conheci o Ico em 1967, na militância estudantil — foi um amor fulminante! Tinha 16 anos, vivia a crise e as descobertas da adolescência. Maio de 1968 foi, também na minha vida, uma revolução total.

O amor do Ico era um privilégio. Ele era brilhante. Tinha a doçura de um anjo e a força de um guerreiro. E como era lindo! Com ele, me sentia, repentinamente, grande e forte — mulher — aprendendo, no dia a dia, os porquês da vida. Ele me ensinava tudo, com uma paciência infinita, contornando as situações mais difíceis com humor e coragem incomuns.

Tantos anos, e essa lembrança até hoje me aquece o peito.

Casamos em março de 1969, no dia 7, às 10 horas da manhã, no cartório da Avenida Osvaldo Aranha. Viajamos para o Cassino, por uma semana e, às vezes, eu me sentia como que brincando de casinha.

Foi difícil esse começo. Vivia, ao mesmo tempo, as dificuldades do cotidiano de um casamento aos 17 anos e a imperiosa determinação de optar pela luta armada, abandonando os sonhos de vida cor-de-rosa.

Ingressamos na Ação Libertadora Nacional (ALN) em 1969. Carlos Marighella, Comandante da ALN, era o meu líder. Passei a confiar cegamente nele ao ler *Porque Resisti à Prisão*. Relembro alguns pedaços do texto, que durante muitos anos sabia de cor — um chamamento à luta:

[...] De mim, que não pretendo ser mais que um lutador pela pátria e pela liberdade, dentro da minha condição de comunista, não se pode esperar senão a coerência de prosseguir lutando ao lado de todos quantos resistem. Em meio a milhares, centenas de milhares, milhões de brasileiros inconformados, eu reivindico apenas um lugar na luta de resistência. [...]

Essas palavras me tocavam em cheio! Era isso exatamente o que eu sentia. Me emocionavam suas atitudes, seus escritos — a Revolução seria vitoriosa sob seu Comando, eu tinha certeza! O conformismo é a morte, dizia Marighella. Esse era o nosso lema.

Pouco tempo tivemos para amadurecer nosso contato com a Organização. Em novembro de 1969, Carlos Marighella foi assassinado. No mesmo mês, com a condenação do Ico e do Cláudio Gutierrez — pelo Superior Tribunal Militar — a seis meses de prisão pelo absurdo motivo de "tentativa de reabertura de entidade ilegal", a opção estava dada: passamos à clandestinidade. O Grêmio do Julinho, Colégio Estadual Júlio de Castilhos, fora fechado pela direção da escola em 1968. Luiz Eurico e Cláudio, dirigentes da UGES — União Gaucha dos Estudantes Secundários, levavam para o diretor o abaixo-assinado colhido pelos estudantes no grêmio livre, que fora instalado numa barraca defronte à escola. O diretor chamou o DOPS e foram presos, enquadrados na LSN pelo crime da tentativa de reabrir o grêmio. Inicialmente absolvidos em julgamento na Justiça Militar em Porto Alegre, foram condenados sem que soubéssemos do recurso fora de prazo. O cerco da ditadura se fechava.

Eu tinha 18 anos, o Ico 21, e só essa lembrança já dá um arrepio. O que sabia eu da vida aos 18 anos? Quase nada, além da determinação de luta e do amor profundo pelo Brasil, pela liberdade, e pelo Ico.

Acabávamos de perder Marighella e, com ele, os sonhos imediatos de guerrilha rural — era nisso que pensávamos naquele momento.

Saímos, nós dois, pela primeira vez de Porto Alegre, deixando para trás os sonhos de vida, a família, os amigos — São Paulo era o mundo novo: a guerra.

Perseguidos pelo medo, buscávamos sobreviver na cidade grande, sem documentos, sem dinheiro, sem contatos. E sobreviver era lutar.

Amigos presos, amigos mortos, portas que se fechavam. Eu olhava para a cara doce do Ico e ele me parecia uma fortaleza. No meio do maior desespero, me carregava no colo, me animava, me ninava, buscava saídas, arranjava comida.

Lembro da gente tomando leite direto do saquinho, numa esquina da Avenida São João. Não comíamos nada há dias. O Ico conseguiu aquele saquinho, não sei mais como, e eu, que até então odiava leite, saboreava aquela delícia, ouvindo uma das suas histórias.

Morava ele com a mãe e os seis irmãos. Era o mais velho, e o "senhor" da casa. O leite em saquinho acabara de chegar ao mercado como grande novidade. Ele, com seu espírito revolucionário permanente, convencera todos da necessidade de guardar os saquinhos — não sei com que desculpa, mas dizia que era pra revolução. Compenetrados, todos, até os pequenos, guardavam. Zelosos, executavam a tarefa. Seria para algum tipo de bomba, granada? Num belo dia, chega o Ico em casa, com um suporte plástico para o leite, ofertado a quem juntasse cinquenta ou cem embalagens!

Esse jeito brincalhão me fez passar maus momentos, pra depois morrer de rir, até hoje...

Em junho de 1969, eu trabalhava em um banco. O Ico chega, no meio do expediente, com uma caixona quadrada embrulhada em papel florido e me cochicha: é dinamite. O quê?! Quase desmaio de susto e medo. No meu trabalho?! Me deu uma desculpa qualquer (mas boa), me convenceu a guardar. Vinha me buscar, como sempre, e a gente levaria o "pacote" pra casa. Pra nossa casa?! "Não tem problema", dizia ele, "é só por uns dias, e é seguro — é só virar a caixa de quando em quando pra não deteriorar e explodir". Explodir? Que raiva! Que aperto! No banco, não saí do lado do raio da caixa nem pra ir ao banheiro. As florzinhas azuis dançavam — eu estava tonta de medo e ódio.

Fui discursando pra casa, e continuei no discurso vários dias. "Na nossa casa? Tá maluco? E se a polícia dá uma batida? Quer ir pra cadeia de novo? Combinamos não guardar nada aqui!" Ele me aguentava, me assustava, e me azucrinava: "Virou a caixa? Quantas vezes? Não virou? Não pode virar demais! Tá do lado certo? Tem que tomar cuidado, explode o prédio todo..."

E aquela coisa no meu armário, dia após dia. Eu tendo que engolir o medo e a raiva, porque o Ico me convencia com uma discurseira danada sobre a necessidade de sacrifícios da militância revolucionária: "A gente tem que se superar, dizia ele. Medo? Se enfrenta...

"Até que enfim — disse ele um dia — a caixa vai embora! Me ajuda aqui, pega com cuidado. Tá molhada? Molhou! A nitroglicerina vazou! Não virou? Virou demais? Temos que abrir, pode explodir!" Choro de horror: "Eu falei, não era pra estar aqui, não abre, vamos embora com isso, logo hoje..."

Apavorada, vejo o danado arrancar o papel (que, claro, ele mesmo tinha molhado) e desembrulhar, todo cheio de orgulho e carinho, um toca-discos, presente surpresa no meu aniversário!

Esse jeito irreverente, brincalhão, a profunda e doce ironia, não aparecem nos seus versos. Só quem conviveu pode lembrar. Quanta saudade!

Depois de um tempo em São Paulo, ficamos sem contato em função das prisões. Mas tivemos o privilégio de, em Montevidéu, encontrar Zilda de Paula Xavier Pereira, companheira de Marighella e dirigente da ALN, que acabara de fugir da prisão no Rio de Janeiro.

No final de 1971, voltávamos de um treinamento militar em Cuba, e nos instalamos novamente em Porto Alegre, retomando contatos perdidos. Andávamos pela rua sempre separados, a certa distância um do outro. Qualquer coisa que acontecesse a um, o outro tinha margem pra tentar escapar, ou acudir.

A morte se fazia presente, como em qualquer guerra, mas a gente só pensava nela de longe. O que nos movia era viver, revolucionar a vida!

Combater a força da ditadura era tentar adormecer sem lembrar dos relatos de tortura tantas vezes ouvidos, buscando conviver com a saudade da família, do conforto de um lar, com a dor dos companheiros presos, exilados e mortos, com o isolamento da vida clandestina, mas perseguindo, sempre, o sonho da Pátria Livre. Não tinha retorno — era isso ou nada.

Vi o Ico pela última vez no dia 19 de julho de 1972. Numa esquina da Avenida Farrapos, nos despedimos e fui para São Paulo. Tinha tarefas a cumprir. Um mês separados, pela primeira vez...

A intensidade do que se vive faz cada minuto valer uma vida, já disse alguém. Um mês? Uma eternidade! Chorei a noite inteira, prenunciando a dor da despedida. Só o frio gelado da Serra me endureceu a alma e me fez parar de chorar.

Aquela viagem era como um batismo, eu nunca estivera sem o Ico por tanto tempo... Tinha, então, 21 anos, e o Ico 24. Éramos, como ele dizia, recém-quase-adultos, vivendo a intensidade de um amor tão cheio de juventude e vitalidade quanto nós, que se contorcia e se agigantava.

Em São Paulo, a guerra de novo, mais dura do que nunca! Sozinha num quarto de pensão da Avenida Pompéia, eu adormecia grudada num chaveirinho do Grêmio que o Ico, colorado doente, me dera como presente de amor na despedida.

Fotos, cartas, lembranças — nem pensar! O cotidiano era de perigos, medo e saudade. Passávamos por momentos muito difíceis na Organização. A repressão atuava seletivamente, passando a nos seguir descaradamente, as prisões e mortes se avolumavam, e a gente sentia que eles estavam em todo canto.

Os companheiros se preocupavam com o perigo da nossa estada em Porto Alegre. Queriam que saíssemos daqui logo — Alex (Alex Xavier Pereira) viria, mas foi morto em janeiro de 1972; depois o Hélcio (Hélcio Pereira Fortes), morto em fevereiro. Pelo menos, diziam, tinha que ficar só um aqui — a prisão e/ou morte de um colocava o outro em risco iminente. Separação nunca; a gente não aceitava nem discutir.

Eu deveria voltar no dia 20 de agosto e não pude, em função das prisões em São Paulo.

Escrevi todos os dias, enquanto deu, e recebia cartas do Ico pelo Correio Central, através de posta-restante — um furo na segurança e um risco danado para uma vida clandestina, mas tínhamos extremo cuidado, apenas endereçando as cartas no momento de despachar. Quando pude voltar para Porto Alegre, em setembro, soube que Ico tinha ido para São Paulo. Viajei às pressas atrás dele, mas já não o encontrei. Estivera com familiares meus em São Paulo, mas não com os companheiros da ALN.

Nenhuma confirmação de sua prisão ou morte me traziam, nos primeiros meses, muita esperança. Quando me convenci, fiz chegar aonde pude a denúncia de seu desaparecimento.

Guardávamos um documento falso só para uso comum nas correspondências. Não tenho a mínima ideia de qual era o meu. Nelson B. foi o nome que guardei do Ico, e foi graças a essa lembrança que o encontrei, enterrado como Nelson Bueno no Cemitério de Perus, depois de ter passado sete anos com a incerteza da morte entalada no peito, buscando em cada esquina uma esperança inútil de sua vida. Levei anos para me dar conta que ele usou esse nome para que eu tivesse uma pista. Meu querido Ico, só eu poderia encontrá-lo com esse nome.

Com que dor, ainda clandestina, vi o primeiro cartaz feito pelo Comitê Brasileiro pela Anistia de São Paulo (CBA), com as fotos dos desaparecidos políticos. Ali estava o Ico, e estava, também, Wilson Silva, companheiro da ALN que eu sonhava tivesse sobrevivido, como eu, e que até hoje integra a lista dos desaparecidos junto com sua companheira, Ana Rosa Kucinski.

Vivi na clandestinidade até 1978. Durante esse tempo, me massacrava não poder buscar o Ico.

Comecei a participar do CBA em Porto Alegre, depois de ter sido contatada por Sergio Ferreira. Foi ele que me introduziu nas reuniões da comissão de familiares de mortos e desaparecidos políticos. Era um sofrimento... difícil elaborar a morte, mais ainda nas circunstâncias em que as nossas ocorreram. Pior ainda conviver com a incerteza da morte — uma tortura que se renova a cada dia. E a repressão sempre presente, alfinetando, destruindo, buscando desmoralizar toda a luta. Recebi telefonemas na minha casa, em Porto Alegre: "Zénhoze, sou eu." — Quem? — "Eu, o Quénhoze!" Que susto, que pavor. Só nós dois usávamos esse tratamento carinhoso. Eram eles... Que vontade doida de reconhecer naquela voz o som quase apagado pelo tempo.

No início de 1979, fui procurada por uma pessoa querida, que se propunha a me ajudar na busca de informações do Ico. Tinha uma forma muito pessoal de chegar ao General Otávio Medeiros, na época chefe do Serviço Nacional de Informações (SNI). Topei, é claro. Nada a perder.

Tempos depois, ela voltou. Conseguira o contato. Ele concordava e me daria dois tipos de informação: está morto, enterrado em tal lugar e isto só para minha certeza íntima, pois tinha que assumir o compromisso de não denunciar a morte, ou um nada consta, que era a resposta tradicional dada sobre os desaparecidos. De novo topei, é claro, ainda nada a perder...

Mais algum tempo e recebo a resposta, totalmente inesperada pra mim, que ainda não conhecia em sua plenitude as manhas nojentas e as tramas estúpidas que eles faziam com as famílias: o Ico estava em Montevidéu! Uma descrição detalhada de datas, lugares por onde ele tinha passado nos últimos sete anos acompanhava a informação. VIVO?

Novo horror, novo susto em meio à alegria. Estaria louco? doente? sem memória? Peço o endereço, é claro. Iria a Montevidéu e, publicamente, retiraria o Ico da lista dos desaparecidos — uma tremenda vitória pra ditadura. Era o que eles diziam o tempo todo: os desaparecidos estão por aí, abandonaram as famílias, fugiram...

Em abril, viajei ao Rio para um Encontro Nacional das Entidades de Anistia. Na volta, esperava já estar de posse do endereço e iria direto pra Montevidéu.

Fui reencontrar Iara Xavier Pereira, companheira de militância na ALN, recém-chegada do exílio. Não nos víamos desde 1973. Falou do Cemitério de Perus, dos seus irmãos, Iuri e Alex Xavier Pereira, assassinados em 1972 e lá enterrados, sem que os corpos tivessem sido entregues à família. Alex fora enterrado com nome falso — era a primeira pista. Nome falso para enterrar um militante morto oficialmente? Com direito a nome e sobrenome falsos publicados na nota oficial dos órgãos de segurança?

"Alex de Paula Xavier Pereira, que usava o nome falso de João Maria de Freitas, morreu em tiroteio..."

Então era assim? Alex fora enterrado com esse nome de João Maria de Freitas. Ocultavam o corpo com o nome falso que eles mesmos publicavam? Era um acinte! Mas era uma pista.

Iara e eu decidimos pegar um avião e ir pra São Paulo. Do aeroporto, liguei para o João Santana — que trabalhava com o Marco Aurélio Ribeiro, deputado estadual — e pedi um carro para nos levar a Perus.

No cemitério, encontramos Antonio Pires Eustáquio — Seu Toninho —, administrador desde 1978, personagem fundamental dessa história, que nos permitiu ver os livros de registros de óbitos de indigentes e nos ajudou na localização das sepulturas.

Com o nome Nelson B., na primeira semana de setembro de 1972, me concentrei na leitura do livro de óbitos. Lá encontrei Nelson Bueno (o sobrenome que eu esquecera) — vítima de suicídio numa pensão, no bairro da Liberdade, morto no dia 3 de setembro.

Era o Ico, tinha certeza! Impossível descrever o que senti. Uma dor imensa, agravada pela recente esperança de que ele estaria vivo em Montevidéu. Nos livros, ainda localizamos o Iuri, Alex, Antonio Carlos Bicalho Lana, Antonio Benetazzo, Luiz José da Cunha, José Julio de Araújo, Helber José Gomes Goulart e, com nomes falsos, Sônia Maria Lopes de Moraes, José Milton Barbosa (que ainda está lá), todos companheiros da ALN, amigos queridos, todos lá.

Armamos um esquema pra investigar. Iríamos à pensão com a *IstoÉ*. Eu era a viúva do Nelson Bueno, que sumira de casa há muitos anos; Ricardo Carvalho seria o irmão do Nelson e o Hélio Campos Mello, fotógrafo da *IstoÉ*, meu irmão. Com a foto do Ico, lá fomos. Daria certo?

O reconhecimento foi imediato. Perguntamos: "Esse moço morou aqui? Somos da família dele; sumiu há sete anos." As pessoas choraram, apavoradas.

(Por que tanto pânico?)

Era o moço que tinha se matado no quartinho do 1º andar, não gostavam de lembrar.

Guardamos segredo da descoberta. Avaliamos que se a gente abrisse a informação, não teríamos chances de encontrar outros desaparecidos. Montamos uma equipe de investigação: além de Ricardo Carvalho e eu, Ivan, Fernandinha Coelho, Serginho Ferreira e Iara.

Buscamos nos cemitérios, no serviço funerário, nos cartórios. Nada! Procurávamos por nomes falsos, pelas datas de desaparecimento, pelos nomes dos médicos constantes como legistas nos livros de indigentes e por nós conhecidos como envolvidos no esquema da repressão ao assinarem laudos falsos, ocultando a tortura: Harry Shibata, Otávio D'Andréa, Isaac Abramovitch, Orlando Brandão, Pérsio Carneiro, Abeylard Queiroz Orsini, Walter Sayeg e outros mais.

Tentamos encontrar o boletim de ocorrência e o inquérito sobre a morte do Nelson Bueno. Nada!

Armamos uma típica "ação guerrilheira" pra tentar ver as fotos nos arquivos do IML. Tínhamos o número correspondente ao Nelson Bueno que constava no livro de Perus. O famigerado Harry Shibata era o diretor, mas talvez tivessem deixado um furo.

A ditadura estava intacta. Matava ainda. Mas lá fomos.

Com os deputados Fernando Moraes, Marco Aurélio e Geraldo Siqueira, rumamos para o IML. Uns entravam comigo, outros davam segurança para uma possível fuga.

Se mostrassem a foto, eu desmaiaria (precisaria fingir?). O Fernando Moraes, com aquelas maquininhas minúsculas, iria fotografar. O Geraldinho ficava de olho neles, armando escândalo ao me acudir e, com a confusão criada, deixaríamos o Fernando trabalhar. Tensão total. Peço para ver o álbum, a voz quase não sai. Nada de fotos. Disseram que não tinha. Frustrados, desmontamos a "ação".

Passamos a ir, Iara e eu, frequentemente, ao cemitério de Perus continuando a busca.

Cada vez que íamos, percorríamos as sepulturas localizadas, colocando flores, chorando a saudade dos amigos. Eu ficava na quadra 4 um tempão, me sentindo pertinho do Ico, depois de tanto tempo.

Um dia, depois de ter feito a andança por todas as covas, da janela da diretoria, vi que três homens refaziam meus passos e, com violência, arrancavam as flores e as jogavam no lixo. Que medo! Eram eles — nos seguiam!

Resolvemos, então, denunciar as descobertas já feitas, e o faríamos na votação do projeto de anistia no Congresso Nacional, no dia 22 de agosto. Enquanto o governo militar dava aos familiares de desaparecidos um atestado de paradeiro ignorado, ou morte presumida, nós apresentávamos à Nação o atestado de óbito do Ico, um desaparecido assassinado e enterrado com nome falso no cemitério da ditadura.

Acampados no gabinete do amigo, companheiro e irmão de todas as horas — senador Teotônio Vilela, que prevenira a imprensa da nossa chegada, fizemos a denúncia. Terminada a votação, postados nas galerias, gritávamos aos deputados a nossa dor pela aprovação do projeto de anistia restrita. Nossa luta era por uma anistia ampla, geral e irrestrita, e com o projeto aprovado, muitos presos políticos não seriam soltos. Como seria a luta agora? E os desaparecidos, onde estão?

"Vá procurar marido", gritavam-nos do plenário gesticulando grosseiramente alguns célebres defensores da ditadura.

Só depois da repercussão na imprensa (a *IstoÉ* fez histórica capa) apareceram o boletim de ocorrência e o inquérito. Muitos dias ficamos pelo Fórum, de uma Vara para outra, atrás do inquérito que, misteriosamente, nunca estava aonde a gente ia. Até que, depois de muita pressão, nos mostraram. Pensava que teriam trocado a foto, mas era o meu Ico que estava ali, deitado, uma arma em cada mão, morto na cama da pensão. Suicídio? Que ódio, mais uma mentira.

Reaberto, o inquérito foi encerrado dois anos depois, com a mesma versão, não sem antes fazermos uma meia dúzia ou mais de exumações, pois nas sepulturas apontadas, as ossadas não correspondiam ao corpo necropsiado. Do promotor designado para me representar na reabertura do inquérito, Rubem Marchi, só tive a conivência com a versão oficial e a proteção e elogios aos policiais envolvidos na pseudoinvestigação.

A verdade ficou em algum lugar do passado... Perdi, ano a ano, todos os prazos para recurso ou para abertura de um processo contra a União. Não me perdoo por isso, e tampouco consigo perdoar.

Em 1982, no décimo ano de sua morte, trouxe os restos mortais do Ico pra Porto Alegre. Levamos a urna para a Assembleia Legislativa do Rio Grande do Sul, em um ato em sua homenagem. Antonio Cândido — o Bagé —, vereador do PT, conseguiu aprovar na Câmara um projeto para dar o nome do Ico a uma rua de Porto Alegre, no bairro Santa Fé.

Eu tive a sorte de achar o meu desaparecido... e os outros? onde estão? Esquecer nunca, perdoar jamais!

Desde então, me dediquei à busca e denúncia da morte, enfrentando cemitérios, exumações, arquivos do IML, da repressão, sofrendo o terror de ver as fotos dos cadáveres trucidados dos companheiros assassinados. Tantos amigos, rostos distorcidos e corpos dilacerados pela tortura.

O suicídio do Ico ficou atravessado na garganta até julho de 1990.

Caco Barcellos, que fizera pesquisa nos arquivos do IML para o livro *Rota 66*, encontrou requisições de exame necroscópico marcadas com um T em vermelho, sinal que evidentemente identificava os assim chamados 'terroristas'. A marca definia o caminho que deveria ser traçado por aqueles corpos para o desaparecimento.

No cemitério de Perus, onde fazia uma matéria, Caco foi abordado pelo Seu Toninho, aquele que nos ajudara anos atrás, e que contou a ele sobre a existência de uma vala com mais de mil ossadas. Com essas informações, Caco e Mauricio Maia identificaram outros corpos que tinham sido colocados na vala comum. Caco produzia, então, uma edição do programa *Globo Repórter* sobre a Vala de Perus, até então apenas uma referência no nosso Dossiê dos Mortos e Desaparecidos. Lá sabíamos que estavam os corpos de Flávio de Carvalho Molina e Frederico Eduardo Mayr, enterrados com nomes falsos. Mas havia outros quatro que foram localizados por eles nessas pesquisas.

Com o Caco, fui à pensão da Liberdade. E, frente às câmaras da *Globo*, um morador contou a verdade, dita a ele pela dona da pensão: o Ico tinha sido assassinado ali mesmo, tinham entrado atirando pela janela, matado, depois lavaram tudo, montaram a cena de suicídio.

O vídeo do Caco, lindo, verdadeiro, emocionante, contava a sina dos familiares em busca dos guerrilheiros assassinados. A *Rede Globo* vetou a veiculação à época, somente liberando o programa em 1995, ano da conquista da Lei 9140/95, promulgada por Fernando Henrique Cardoso.

É ao Caco e a Maurício Maia que devemos toda a investigação primeira sobre a Vala de Perus.

Depois, a CPI na Câmara dos Vereadores de São Paulo e a atitude firme e solidária da prefeita Luiza Erundina de Sousa, que criou uma comissão de investigação, colocando a luta dos familiares em outro patamar. Pela primeira vez, uma autoridade constituída nos dava apoio e infraestrutura para investigar.

A abertura da Vala foi um marco, foram dois anos de pesquisas intensas e de luta diária na Prefeitura Municipal. Os arquivos do DOPS, que tinham sido subtraídos do Estado por Romeu Tuma, quando passou a ser superintendente da Policia Federal, retornaram ao Estado e pudemos fazer pesquisas. Ali descobri que o suposto suicídio de Luiz Eurico fazia parte dos documentos oficiais muito antes da minha "descoberta", e tive a prova que Romeu Tuma mentira, ao responder ao juiz que lhe pedira informações durante o processo de retificação dos registros de óbito, e dizer que nada constava.

Muito se evoluiu naqueles anos. Encontramos provas nos arquivos da repressão, resgatamos corpos dos companheiros assassinados e enterrados com nomes falsos, identificamos os restos de mais um dos desaparecidos — Denis Casemiro, dentre as 1.049 ossadas da Vala de Perus. Estivemos presentes na reconstituição da História. A cidade de São Paulo ficou marcada por esse trabalho: dezenas de ruas levam o nome de mortos e desaparecidos políticos.

Depois de um novo período de solidão, conseguimos voltar à carga e às manchetes em 1994 — 15º ano da votação da anistia.

"Nós não esquecemos", escreveu Marcelo Rubens Paiva. E dessa vez, após ter declarado ao ser interpelado pelo secretário-geral da Anistia Internacional, Pierre Sané, que a questão dos desaparecidos era coisa do passado, Fernando Henrique se tocou, enviando ao Congresso Nacional projeto de lei que reconhecia a morte de 136 dentre os desaparecidos políticos da nossa lista e criando comissão especial para julgar novos casos.

Grandes mobilizações foram necessárias para a conquista da Lei 9.140/95. Em memorável reunião organizada pelo Belisário dos Santos Jr., secretário de justiça de São Paulo, (quando todos diziam que nada adiantaria, que o governo não mudaria os critérios), os familiares conseguiram mais uma vitória: sensibilizado, José Gregori, responsável pela elaboração da lei, incluiria no texto (que a gente ainda não conhecia) a possibilidade de inserção de muitos outros nomes, a critério da comissão a ser constituída — seriam atingidos pela lei aqueles que morreram em dependências policiais ou assemelhadas. Essa foi a parte mais significativa e importante do nosso trabalho. Conseguimos provar, em 130 dos 148 casos do nosso Dossiê de Mortos e Desaparecidos, que a ditadura mentira e que os combatentes haviam sido assassinados sob a guarda do Estado, a maior parte sob tortura ou sumariamente executados depois de rendidos. Encontramos novos e importantes aliados, empenhados no resgate da história e, dentre esses, o super perito Celso Nenevê, policial do Distrito Federal que abraçou a nossa luta e, com seus laudos, demonstrou a falsidade de muitas das versões.

A lei conquistada, entretanto, é tímida e capenga. Exime o Estado da obrigação de identificar e responsabilizar os agentes que estiveram ilegalmente envolvidos com a prática da tortura, morte e desaparecimento de opositores ao regime ditatorial, perpetuando a impunidade dos crimes cometidos pelo Estado. Além disso, deixa aos familiares o ônus da comprovação das denúncias apresentadas.

Isso significa não só que os familiares são os responsáveis pela apresentação de provas dos crimes cometidos pelo Estado, mas também significa que a localização dos corpos dos desaparecidos, direito e principal reivindicação dos familiares, somente seria feita mediante indícios apresentados pelos próprios familiares. Os atestados de óbito dados aos desaparecidos são ridiculamente preenchidos, não contêm data ou causa da morte. Apenas atestam que a pessoa morreu em tal data, conforme a lei.

Aos familiares coube a árdua, extenuante e desesperadora tarefa de buscar, nos poucos documentos a que tiveram acesso, as provas para contestar as versões de suicídios, atropelamentos e tiroteios. Solitariamente, analisaram documentos, laudos periciais e necroscópicos, tentando extrair, com lentes e lupas, as marcas de tortura nos rostos crispados pela morte, assumindo, enfim, o estranho e fundamental papel de reescrever a história. As dificuldades advindas desse trabalho foram enormes, não só pela sua magnitude e envolvimento emocional, mas porque os principais arquivos da repressão — Exército, Marinha, Aeronáutica, Polícia Federal e SNI — permaneciam guardados a sete chaves.

Em setembro de 1997, 25º ano da morte do Ico, organizamos o show *Pequenas insurreições — Memórias*, capitaneado pelo Nei, com a presença do Tambo do Bando e de Santiago Neto e seus Dois

Tordilhos. Dirigido por Leverdógil de Freitas, tinha texto biográfico do Ico ao fundo, escrito por Rosina Duarte e lido pelo Lauro Hagemann, e a leitura de poesias do Ico por companheiros e autoridades. Tivemos que fazer duas sessões no mesmo dia — o Teatro Renascença lotado com a entrada por um quilo de alimento. Foi a homenagem mais expressiva que fizemos ao Ico. Em 2016, Nei ajeitou o que tínhamos gravado e disponibilizou na Internet.

Permaneci na Comissão Especial por dez anos, e saí totalmente decepcionada com a falta de compromisso dos governos com nossa luta. Com relação ao Luiz Eurico, que fazia parte da lista dos desaparecidos anexa à lei, nada foi acrescentado.

Em dezembro de 2010, acompanhei junto aos familiares a audiência da CIDH na Costa Rica, que condenou o Brasil pelos crimes que cometeu. Foi chocante assistir à defesa do governo brasileiro, representado pelo Ministério da Defesa. Consideravam que nós estávamos em guerra? E ainda disseram à Corte que, se condenasse, fizesse uma sentença exequível. Mas o Estado não cumpriu a sentença. Acompanhei também audiência de supervisão da Corte no cumprimento da sentença, em 2014. Nova decepção.

A Comissão Nacional da Verdade, desde muitos anos reivindicada pelos familiares, finalmente foi instituída em 2011, logo após a primeira audiência da Corte. Avançou em alguns casos pontuais, mas não na investigação individual das mortes e desaparecimentos, mantendo o que já fora apresentado pela Comissão Especial. Seu impacto, ao tornar oficiais nossas denúncias, foi significativo para o resgate da memória, mas ficou muito a desejar na apuração dos crimes e verdade dos fatos. Nem ao menos a mudança nos atestados de óbito daqueles reconhecidamente executados pelo Estado foi alcançada. Apesar de afirmar que Luiz Eurico fora assassinado, nada fez com relação ao atestado de óbito, que continha suicídio.

Somente em 2010, para a primeira audiência pública da Comissão da Verdade Rubens Paiva, na Assembleia Legislativa de São Paulo, em conjunto com a Comissão Nacional da Verdade, solicitei ao Celso Nenevê que fizesse o exame dos documentos da morte do

Ico. Pudemos, então, descobrir que ali mesmo, nas fotos do quarto da pensão no bairro Liberdade, estava visível aos olhos dos peritos que a cena fora montada, e que o suicídio era mais um blefe dos órgãos de segurança.
No volume I do relatório final da CNV, às fls. 472/473 consta:

O catarinense Luiz Eurico Tejera Lisbôa, primeiro caso esclarecido de desaparecimento forçado no Brasil, foi vítima de execução sumária com falsa versão oficial de suicídio com arma de fogo. Ele iniciou sua militância muito cedo, na Juventude Estudantil Católica (JEC), em Porto Alegre, e passou por diversas organizações, como PCB (depois, Dissidência Estudantil do Rio Grande do Sul), VAR-Palmares e ALN. Preso preventivamente diversas vezes nos anos de 1967 e 1968 para que não participasse de manifestações, foi condenado a seis meses de prisão em 1969, quando começou a viver na clandestinidade. Passou um período em Cuba, retornou ao Brasil em 1971 e desapareceu em São Paulo no ano seguinte. Seu nome sempre constou das denúncias de desaparecimentos forçados, desde as primeiras reportagens publicadas sobre o assunto, em 1978. Nesse período, ocorreu um fato marcante de contrainformação, planejado pela repressão para desarticular a pesquisa de familiares para o esclarecimento de prisões de militantes, caso bastante fundamentado no Dossiê Ditadura:
O então chefe do SNI, general Otávio Medeiros, prometera apurar o caso de Luiz Eurico, mas queria a promessa de que nada do que dissesse fosse divulgado. Pouco tempo depois, fez chegar a notícia de que Luiz Eurico estaria morando em Montevidéu, casado e feliz. Seus familiares enviaram, então, ao general um recado solicitando o endereço, pois publicamente iriam excluir seu nome da lista de desaparecidos políticos. Seria uma vitória para a ditadura, pois a foto de Luiz Eurico figurava no primeiro cartaz com fotos de desaparecidos políticos, organizado pelo Comitê Brasileiro pela Anistia de São Paulo (CBA/SP). Enquanto

seus parentes aguardavam a localização prometida pelo general, a sepultura de Luiz Eurico foi localizada.

Iara Xavier Pereira, ao voltar do exílio em 1979, trouxe consigo a informação de que — assim como outros desaparecidos políticos, alguns inclusive com morte confirmada, como seus irmãos Alex e Iuri Xavier Pereira — Luiz Eurico havia sido enterrado como indigente, com o nome falso "Nelson Bueno", no Cemitério Dom Bosco, no bairro de Perus, em São Paulo. A esposa de Luiz Eurico, Suzana Keniger Lisbôa, com outros familiares de mortos e desaparecidos, empreendeu busca até a confirmação do que de fato havia ocorrido com ele e a localização de seus restos mortais, conforme também relata o Dossiê Ditadura:

Graças à ampla divulgação da notícia pela imprensa, foi possível descobrir o inquérito feito na 5ª DP de São Paulo (582/72), que versava sobre o "suicídio" de Nelson Bueno. As fotos mostravam Luiz Eurico deitado na cama do quarto da pensão, com um revólver em cada mão, e marcas de disparos na parede e no armário. Segundo os peritos, Luiz Eurico teria disparado quatro tiros do revólver calibre 38, que estava junto à sua mão direita, e um tiro com a arma de calibre 32, próxima à sua mão esquerda. No forro de madeira do quarto, duas perfurações; no piso, um projétil de 38, e, no armário, em direção à porta, lascas de madeira. O IPM [inquérito policial militar] concluiu, de forma absurda, que o morto teria disparado alguns tiros antes de embrulhar uma das armas na colcha que o cobria para abafar o tiro que daria em sua própria cabeça. O laudo necroscópico, assinado por Octávio D'Andréa e Orlando Brandão, confirma o suicídio. Em análise do caso, o núcleo de perícia da CNV, apesar de apontar uma série de lacunas e falhas técnicas nos laudos originais, extraiu elementos materiais para um novo pronunciamento e produziu proposições determinantes que negam, de maneira cabal, o suicídio de Luiz Eurico. Segundo a perícia da CNV, pela inexistência de "confronto balístico entre o projétil expelido por arma de fogo e as armas que se encontravam junto ao corpo [...], não é possível definir qual arma disparou o projétil que transfixou a cabeça de Nelson Bueno [Luiz Eurico]". Assim, "a definição de quem atirou também está comprometida". A posição de Luiz Eurico quando foi atingido, observadas as fotos da cena de morte, no caso de autoeliminação, deveria "ser mais elevada do que a encontrada e sua cabeça deveria estar mais próxima à parede e em nível superior ao da marca de impacto", ou seja, ele deveria "estar sentado (ou em posição próxima desta), quando foi atingido pelo projétil". Com essa constatação, comprova-se que "tanto o corpo, como as armas e a colcha, foram acomodados [...] em uma tentativa de tornar o evento mais compatível com aquele" da falsa versão oficial de suicídio. Conforme tais proposições, a perícia da CNV afirma que "o local examinado apresenta características daquelas observadas em locais de homicídios", das quais se destaca a de não haver registro de nenhum "arrombamento produzido na porta de acesso ao cômodo", comum em ambientes fechados onde ocorreram suicídios.[26]

Em setembro de 2013, por iniciativa da Comissão da Verdade Rubens Paiva, a Defensoria Pública de São Paulo protocolou alguns requerimentos para a retificação dos assentos de óbito, dentre esses o de Luiz Eurico. Em 2018, por unanimidade, a Justiça de São Paulo nos negou o direito. O processo, infelizmente e sem qualquer justificativa plausível, correu em segredo de Justiça. Recursos foram apresentados ao STJ e STF, e esperamos que reconheçam a verdade.

Em 2019, a verdade avançou mais um pouco, mas não com informações oficiais. Celso Nenevê e Mauro Yared protagonizaram 13 programas que foram transmitidos por canais de TV, investigando e reproduzindo as cenas das mortes, ouvindo testemunhas, e

---

26. A íntegra da análise solicitada pela Comissão Nacional da Verdade aos peritos Celso Nenevê, Pedro Luiz Lemos Cunha e Mauro Yared encontra-se nos anexos, ao final deste livro (p. 174).

demonstrando como foram assassinados. Através do *Investigadores da História*, finalmente soubemos como Ico foi executado.

Passados tantos anos, ainda temos a vergonhosa versão de suicídio, quando até o torturador Brilhante Ustra, em seu depoimento ao MPSP, ao listar os presos políticos mortos em sua gestão na direção do DOI-CODI, afirmou que Luiz Eurico morrera em tiroteio, assumindo a mentira ou esquecendo momentaneamente que a mentira criada por ele e seus subordinados fora suicídio.

Nossas reivindicações, hoje, ainda são as mesmas da época da luta pela anistia: queremos saber onde estão os nossos familiares, que encontrem e nos devolvam seus restos mortais para sepultura, queremos saber como morreram, quem os matou, e queremos a punição dos responsáveis.

Exigimos Verdade e Justiça! Como deixar impunes aqueles que, em nome do Estado, vazaram olhos, afundaram crânios, esquartejaram corpos, deceparam cabeças, sumiram com os corpos?

Todas essas questões, que durante anos ficaram submersas, sufocadas sob a pecha da morbidez e o pretexto de evitar discursos revanchistas são, na realidade, fatores determinantes para que a impunidade e a violência sejam, ainda hoje, marca registrada de um país que convive com o extermínio oficial e anônimo de marginalizados, e um cotidiano de torturas, muitas vezes praticada pelos mesmos elementos que a utilizaram na época da ditadura.

Nos últimos três anos, convivemos com um genocida como presidente, que defende a tortura e a ditadura e homenageia Carlos Alberto Brilhante Ustra, único integrante dos órgãos de segurança a ser declarado torturador pelo Tribunal de Justiça de São Paulo, em ação movida por Maria Amélia e Cesar Teles, seus filhos Edson e Janaina, e por Criméia Alice Schmit de Almeida, família que tenho o orgulho de conviver por décadas no cotidiano de lutas da Comissão de Familiares de Mortos e Desaparecidos Políticos.

Em todos esses anos, repetimos incansavelmente que a verdadeira democracia jamais será construída sobre os cadáveres insepultos dos companheiros assassinados e sob as mãos impunes dos seus assassinos.

Pelos companheiros que tombaram na luta, pelo presente e para o futuro, a verdadeira história da ditadura militar precisa ser resgatada.

Guardar só pra mim esses textos, até 1993 — quando publicados pela primeira vez —, com toda a doçura do Ico e o tamanho do nosso amor, me deu forças pra buscar, nas ossadas exumadas, os sorrisos não esquecidos pelo tempo e, nelas, a Verdade e a Justiça. Acalentei por anos a fio a ideia deste livro. O medo de expor o Ico conviveu o tempo todo com a vontade imperiosa de mostrar a grandeza, a simplicidade, a generosidade, a intensidade de seu amor e, por ele, o sacrifício da sua vida.

Não teria conseguido, não fosse o incentivo, a dedicação e o trabalho de muitos. Em especial agradeço a Antonio Hohlfeldt, a quem mostrei os escritos do Ico e que organizou e providenciou a primeira edição. E ao Luis Gomes, editor da Sulina.

Para repetir Marighella: "Este livro é uma mensagem de resistência. E é, sobretudo, endereçado à nova geração." Aos filhos dos que lutaram e dos que ainda lutam.

Ao meu amado filho Zéco, que cresceu aprendendo a me dividir com esqueletos e cemitérios e que, pequenininho, brincava de "exumar" formigas.

Aos meus sobrinhos Milene, Alan, Ana Carolina, Marcelo Aron, Lucas, Theo e Maria Clara, para que conheçam a doçura do Ico e seu espírito de lutas.

A Cintia, pela doçura que emoldura este livro. Ao Nei, por tudo.

A Mario Magalhães, que deu ao Ico e a nós a honra de encerrar a biografia de Marighella.

À minha Mãe, Milke Waldemar Keniger, que com seus 99 anos, mantém a foto do Ico na mesa, sempre ao seu alcance; ao Deda, a quem muito devo ter sobrevivido; à minha irmã Clá; aos amigos de todas as horas e, expressamente, ao Dr. José Leão de Carvalho Jr., que não vejo desde 1993, quando voltei a morar em Porto Alegre, mas que por anos a fio me ajudou a buscar forças para encarar minhas dores, a encontrar dentro de mim as minhas verdades e a transformar o peso da dor de ter sobrevivido numa luta diária por justiça e pela vida.

A história do Ico se fez presente no cotidiano das escolas e universidades do Rio Grande do Sul, graças ao professor Enrique Padrós, da História da UFRGS, que deu novo sentido à minha atuação, e à minha vida, me levando em suas aulas ou em encontros fora delas — um companheiro, irmão, amigo que a luta me presenteou. Muitos anos antes da CNV, Padrós formava consciências e fazia um resgate permanente da ditadura e seus crimes. Com ele vieram outros professores e um grupo enorme de alunos, muitos hoje professores, mestres, doutores ou quase, que passaram a fazer parte da minha vida, e da luta por Memória, Verdade e Justiça.

Tínhamos muitos planos para o cinquentenário do assassinato do Ico, começando por um texto de apresentação neste livro, que Enrique não pôde escrever. A pandemia nos manteve distantes fisicamente até sua morte, em dezembro de 2021. Sua falta traz uma dor tão profunda quanto sua forte presença cotidiana na minha casa (onde coordenava a catalogação dos meus arquivos). Seu espírito revolucionário nos acompanha com seu último comunicado público:

> [...] E diante de um momento tão único da minha existência — e até porque é tempo de luta - reafirmo as minhas convicções: tenho ORGULHO de ser funcionário público, de ter sido aluno e ser docente da UFRGS, de pesquisar e denunciar os crimes de lesa humanidade do Terrorismo de Estado e, sobretudo e principalmente, de ser um historiador MARXISTA e um educador FREIRIANO. [...]

Hasta la victoria siempre, Enrique Padrós. Venceremos.

Este livro foi o suspiro que me engasgava. Sinto cumprida a promessa que me fiz: a de fazer renascer o Ico a cada dia — em mim e na História de nosso Povo.

anexos

COMISSÃO NACIONAL DA VERDADE
Centro Cultural Banco do Brasil (CCBB) – 2º andar – Portaria 1
Setor de Clubes Sul – SCES – Trecho 2 Lote 22
70200-002 – Brasília-DF

ANÁLISE DOS ELEMENTOS MATERIAIS PRODUZIDOS EM FUNÇÃO DA MORTE DA PESSOA APRESENTADA COMO NELSON BUENO E POSTERIORMENTE IDENTIFICADA COMO LUIZ EURICO TEJERA LISBÔA. SOLICITAÇÃO REALIZADA PELO DR. CLAUDIO LEMOS FONTELES, QUANDO COORDENADOR DA COMISSÃO NACIONAL DA VERDADE.

COMISSÃO NACIONAL DA VERDADE
Centro Cultural Banco do Brasil (CCBB) – 2º andar – Portaria 1
Setor de Clubes Sul – SCES – Trecho 2 Lote 22
70200-002 – Brasília-DF

I) ELEMENTOS MATERIAIS E DOCUMENTOS ANALISADOS

Foram analisadas as peças técnicas e os documentos listados a seguir, das quais os peritos criminais subscritores dessa análise destacaram trechos específicos, que servirão de base para a reconstrução do evento que resultou na morte de pessoa apresentada como Nelson Bueno.

I.1) LAUDO CADAVÉRICO N° 38.058 - Registrado em 27/09/1972

O exame necroscópico de Nelson Bueno foi realizado no dia 05/09/1972 e o perito médico relator Octávio D'Andrea, dentre outras informações, descreveu a existência de dois ferimentos com características daqueles produzidos por projéteis expelidos por arma(s) de fogo, conforme transcrito na íntegra a seguir:
1) "(...) ferimento pérfuro-contuso com bordos evertidos localizado na região temporal esquerda (...)"; e
2) "(...) ferimento pérfuro-contuso medindo um por meio centímetro localizado na região temporal direita dois centímetros acima do pavilhão auricular direito (...)".

Merecem destaque, também, seguintes trechos desse documento técnico, os quais são transcritos na íntegra:
- "(...) solução de continuidade no temporal direito medindo dez milímetro de diâmetro, solução de continuidade no parietal esquerdo medindo dezoito milímetros de diâmetro. Abrimos o crânio pelo clássico método de Griesinger e observamos - hemorragia intra e extra dural generalizadas. Notamos fratura noandar anterior (...);
- "DISCUSSÃO E CONCLUSÃO: Pelo acima exposto e por nós observado concluímos que o examinado recebeu um disparo de arma de fogo da direita para a esquerda lesando o encéfalo e provocando hemorragia cerebral e que foi a causa eficaz da morte (...)"; e
- "RESPOSTAS AOS QUESITOS[1]: ao primeiro-sim; ao segundo - hemorragia cerebral traumática; ao terceiro - instrumento pérfuro-contundente; ao quarto-não".

I.2) RELATÓRIO DE EXAME DE LOCAL, SEM NÚMERO, EXPEDIDO EM 10/10/1972

O exame de local foi realizado pelo perito Neidy Lopes Rocha e o relatório produzido encontra-se quase que totalmente transcrito a seguir:
"Às 19 horas e 40 minutos do dia 04 de setembro do ano de 1972, a autoridade de plantão no 5º Distrito Policial, Bel. Leonidas V.H.P. de Almeida, comunicando a este Instituto um suicídio na Rua Conselheiro Furtado, n° 1071, Liberdade, solicitava o comparecimento de um perito ao local, a fim de ali serem efetuadas as verificações de praxe.

Para ultimá-las, foi aqui designado pelo Diretor deste Instituto de Polícia Técnica, Bel. João Milanez da Cunha Lima, o Perito Criminal Neidy Lopes Rocha, que, depois de conferenciar com seu colega, o segundo signatário, passou a redigir o presente, que vai por ambos assinado e rubricado.

---
[1] - Os quesitos médico-legais próprios dos exames necroscópicos são: 1) Primeiro - Houve morte?; 2) Segundo - Qual a sua causa?; 3) Terceiro - Qual o instrumento ou meio que a produziu?; e 4) Quarto - Foi produzida por meio de veneno, fogo, explosivo, asfixia ou tortura, ou por outro meio cruel? (Resposta especificada).

COMISSÃO NACIONAL DA VERDADE
Centro Cultural Banco do Brasil (CCBB) – 2º andar – Portaria 1
Setor de Clubes Sul – SCES – Trecho 2 Lote 22
70200-002 – Brasília-DF

<u>O LOCAL E O CADÁVER</u>

O local apontado pela autoridade requisitante corresponde a um prédio térreo, geminado a esquerda, c/ passagem lateral no flanco direito, situado ao nível, no alinhamento geral da via pública e precedido por área descoberta.

Neste prédio acha-se instalado uma pensão, tendo oferecido interesse técnico-pericial, somente o quarto nº 8 localizado na porção posterior externa do prédio, com porta de acesso voltada para o "hall" de distribuição, no flanco esquerdo.

No interior deste aposento, sôbre a cama de solteiro, em decúbito dorsal, na posição e situação conforme mostra e ilustra a foto anexa nº 1, foi encontrado o cadáver de um jovem de cútis branca, apontado como sendo o de Nelson Bueno. Aludido quarto estava mobiliado por - um guarda-roupa, mesa e cadeira de madeira. Sôbre a cadeira à esquerda da cabeceira da cama, viam-se algumas peças de roupas, um par de óculos, chaveiro, um pedaço de pão semi-envolto em papel.

Sôbre a mesa havia objetos vários e junto destes cartas endereçadas à vítima. Esparramados pelo piso viam-se folhas de jornais, tapete, uma pasta de couro preto vazia, um outro coldre acompanhado de cartucheira e um fragmento de madeira.

A vítima estava normalmente trajada, sem indícios de violência ou contensão e seu indumento consistia em - malha de lã preta, calças de "nycron" quadriculada de tonalidade escura, cuecas vermelhas do tipo "Zorba"; seus pés vestiam meias de espuma de "nylon" pretas e, preso à cintura, via-se um coldre de couro preto.

<u>O EXAME DO CADÁVER</u>

No exame externo realizado no cadáver, no próprio local, verificou o relator que êle apresentava dois ferimentos pérfuro-contusos produzidos pela passagem de um projétil de arma de fogo, em disparo realizado com o cano da arma encostada no alvo. Estes ferimentos apresentavam o formato ligeiramente irregular e estavam assim localizados:- o primeiro na região temporal direita e o outro na região parietal, do lado esquerdo. Vide fotos anexas nºs. 5 e 6.

<u>OUTRAS VERIFICAÇÕES</u>

a) A colcha que cobria parcialmente o cadáver de Nelson apresentava-se com duas soluções de continuidades nas tramas do tecido, com sinais de esfumaçamento, indícios êstes que o dispara fora efetuado com a arma sendo envolta pela colcha e próximo do alvo. Vide foto anexa nº 3 e os fios de cabelos numa das soluções de continuidade na colcha, que vai anexa ao presente relatório;

b) Um revólver do calibre nominal .38", da marca "Taurus", nº de fabricação 591650 foi encontrado próximo da mão direita da vítima;

c) Um revólver do calibre nominal .32", da marca "Rossi" próximo da mão esquerda da vítima;

d) Quando examinados: o de marca "Taurus" calibre nominal .38" apresentava-se com 2 cartuchos íntegros da marca CBC.SWL.38 e 4 estojos vazios, picotados e deflagrados da marca CBC.SWL.38; o de marca "Rossi" calibre nominal .32" apresentava-se com 3 cartuchos íntegros da marca REM-UMC-32 S&WL.32, 2 CBC-SWL.32" e 1 estojo vazio, picotado e deflagrado da marca REM-UMC-S&WL.32";

e) No fôrro de madeira do quarto, viam-se duas perfurações, de formato circulares, as quais foram produzidas pela passagem de dois projéteis de arma de fogo, em disparos realizados de baixo para cima e em plano perpendicular ao fôrro;

Folha nº 3

COMISSÃO NACIONAL DA VERDADE
Centro Cultural Banco do Brasil (CCBB) – 2º andar – Portaria 1
Setor de Clubes Sul – SCES – Trecho 2 Lote 22
70200-002 – Brasília-DF

f) No piso, defronte do guarda-roupa, encontrou o relator, um projétil de chumbo com a ogiva parcialmente deformada, com 10,3 g de massa, cujas características físicas permitem-nos afirmar ser ele do calibre .38" e ter sido disparado por arma portadora deste mesmo calibre;

g) Finalmente, encontrou o relator, um lascamento de madeira no anterior esquerdo do guarda-roupa. Vide foto anexa nº 1.

OBSERVAÇÕES

Segue em anexo ao presente relatório: 1 revólver da marca "Taurus", nº de fabricação 591650, de calibre nominal .38", 1 revólver da marca "Rossi", sem número de fabricação aparente, do calibre nominal .32", 4 estojos vazios, picotados e deflagrados CBC-SWL.38, 1 REM-UMC.32, exceção feita aos cartuchos íntegros que aqui foram utilizados como tiros de provas e um projétil do calibre .38" com 10,3 g de massa, bem como a colcha arrecadada.

Era o que havia a relatar".

I.2) REQUISIÇÃO DE EXAME FEITA PELO DEPARTAMENTO REGIONAL DE POLÍCIA DA GRANDE SÃO PAULO - DEGRAN, EM 04/09/1972

Da requisição de exame formulada pelo Delegado Leônidas V.H.P. de Almeida, foram destacados dos itens:

1) O que registra a natureza da ocorrência como "suicídio"; e

2) A que relata o histórico do caso, onde, entre parênteses está escrito "deve ser preenchido pela autoridade requisitante". Esse trecho se encontra transcrito a seguir: "*Segundo consta, a vítima viera a praticar suicídio, em data de ontem, pela madrugada, disparando um tiro de revólver contra a cabeça, sendo que fôra encontrado somente hoje (03/9/72)**".

Após conhecer os detalhes técnicos do laudo cadavérico, do relatório de exame de local e da requisição de exame cadavérico que resultou na morte de Nelson Bueno é necessário especificar a forma de análise aqui realizada, definindo algumas premissas que serão utilizadas para produzir as ilustrações e alcançar conclusões possíveis e mais prováveis, para o evento que resultou na morte de Nelson Bueno.

Dessa forma, podemos dizer que o tipo de análise aqui realizado é reconstrutivo, ou seja, parte das informações contidas nos documentos técnicos examinados servirá para ilustrar as imagens geradas - no modelo humano e em Nelson Bueno. Para a produção dessas imagens foram considerados as seguintes condições.

A) considera o trajeto do projétil expelido por arma de fogo descrito no laudo cadavérico como retilíneo e só desconsidera essa premissa se a informação técnica trouxer detalhes de desvio de trajetória considerável; e

B) considera que o perito médico relator definiu o trajeto interno do projétil expelido por arma de fogo no corpo e as feridas produzidas por esses objetos - entrada e saída - observando a posição ortostática, que é a de uma pessoa em pé, com a face voltada para frente, com os membros superiores

Folha nº 4

COMISSÃO NACIONAL DA VERDADE
Centro Cultural Banco do Brasil (CCBB) – 2º andar – Portaria 1
Setor de Clubes Sul – SCES – Trecho 2 Lote 22
70200-002 – Brasília-DF

pendendo para os lados, as palmas das mãos voltadas para frente, os membros inferiores aproximados e os pés voltados para frente[2].

A partir da reconstrução no modelo humano dos trajetos dos projéteis expelidos por arma(s) de fogo no corpo são definidas prováveis situações que ocorreram no momento em que Nelson Bueno era atingido pelo projétil, buscando definir o diagnóstico diferencial do evento - suicídio, como descreve a requisição de exame (subitem I.3) ou homicídio.

Finalizando a análise, confeccionaremos um relatório compartimentado em itens que representarão os resultados ilustrados na fixação dos trajetos dos projéteis e, também, o grau de certeza das conclusões obtidas, obedecendo a seguinte gradação: **proposições determinantes** - quando é alcançado o maior grau de certeza na análise e é possível afirmar que determinada situação ocorreu; **proposições indicativas** - quando não é possível afirmar que determinada situação ocorreu, porém os elementos analisados direcionam a sua análise para uma conclusão próxima da determinante; e **proposições sugestivas** - o grau de certeza é inferior às demais, mas a análise conjunta de diversos elementos materiais faz com que essa conclusão seja possível e provável.

Assim, obedecendo aos dados extraídos das peças examinadas - subitens I.1 a I.3 -, passamos a ilustrar os resultados obtidos com a análise dos documentos analisados:

II) RESULTADOS:
II.2) SIMULAÇÃO DO TRAJETO INTERNO NO CORPO, COM PROLONGAMENTO DA TRAJETÓRIA:

Ferida de entrada/saída	Vista	
	Frontal	Lateral Direita, Superior ou Detalhe
1) "(...) ferimento pérfuro-contuso com bordos evertidos localizado na região temporal esquerda (...)"; e		
2) "(...) ferimento pérfuro-contuso medindo um por meio centímetro localizado na região temporal direita dois centímetros acima do pavilhão auricular direito (...)".		

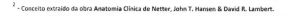

[2] - Conceito extraído da obra Anatomia Clínica de Netter, John T. Hansen & David R. Lambert.

Folha nº 5

COMISSÃO NACIONAL DA VERDADE
Centro Cultural Banco do Brasil (CCBB) – 2º andar – Portaria 1
Setor de Clubes Sul – SCES – Trecho 2 Lote 22
70200-002 – Brasília-DF

II.2) ANÁLISE DAS IMAGENS DO CORPO NO INTERIOR DO CÔMODO:

Imagem	Observações técnicas
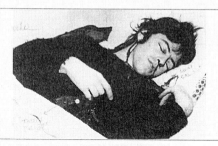	Existiam nos dedos da mão direita, notadamente na face dorsal dos dedos médio e anelar, manchas de tonalidade enegrecida, em forma de pontos, semelhantes às manchas formadas por espargimentos de sangue. Na face lateral interna do dedo indicador, existia uma mancha com a mesma característica. Nas posições em que foram encontradas, essas manchas são incompatíveis com uma possível empunhadura de uma arma e um possível disparo realizado com essa arma contra a cabeça. A mancha do dedo indicador tem posicionamento incompatível com o do possível acionamento do gatilho da arma, que estaria protegido pelo chassi da arma e pelo guarda-mato. 
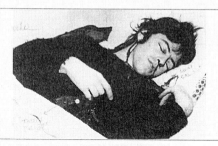	É possível observar que o revólver indicado pelo perito como sendo de calibre .38 se encontrava em um plano superior ao da mão (em cima da mão). Notadamente o cão do revólver está apoiado no terço médio do dedo mínimo. Essa posição da arma é incompatível com o que deveria ser esperado no caso da queda da arma, após um disparo realizado com a mão direita de Nelson Bueno. 
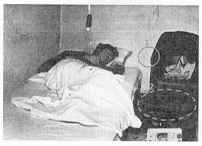	1 - Na parede do quarto, junto a cama, pode ser observada uma marca de impacto, produzida por ação contundente, com manchas de forma e tonalidade compatíveis com aquelas produzidas por espargimentos de sangue (setas vermelhas), com posteriores escorrimentos. Esses vestígios não se encontram descritos no relatório do perito;  2 - No piso, alinhado com a perfuração e a sua direita, existiam fragmentos de reboco e grãos semelhantes à areia (setas amarelas), compatíveis com aqueles formados pelo impacto de objeto rígido, em ação contundente, que atingiu a parede.  Toda essa configuração, aliada com a

Folha nº 6

COMISSÃO NACIONAL DA VERDADE
Centro Cultural Banco do Brasil (CCBB) – 2º andar – Portaria 1
Setor de Clubes Sul – SCES – Trecho 2 Lote 22
70200-002 – Brasília-DF

Imagem	Observações técnicas
	posição em que se encontrava o corpo, torna muito provável que o projétil que transfixou a cabeça de Nelson Bueno tenha, na sequência de sua trajetória, atingido a parede, onde formou a marca de impacto e na qual foram projetadas gotas de sangue, as quais produziram as manchas descritas acima.
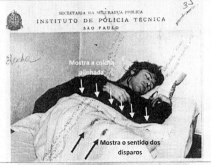	É possível visualizar na foto, além das manchas de sangue semelhantes a espargimentos observadas em seus dedos e ilustradas anteriormente, o perfeito alinhamento da colcha, com sua dobra, junto aos braços (setas amarelas); e os sentidos em que foram formadas as perfurações e os enfumaçamentos na face externa da colcha que recobria o cadáver de Nelson Bueno. Além desses elementos, incompatíveis com movimentações de membros e de recuo da arma, produzidas por disparos realizados contra a cabeça em casos de autoeliminações, não foram observadas manchas de sangue na dobra da colcha localizada nas proximidades dos membros e da cabeça, resultante de refluxo sanguíneo oriundo do orifício de entrada, o que demonstra que, no momento em que a cabeça de Nelson Bueno foi transfixada pelo projétil expelido por arma de fogo, aquela coberta não se encontrava próximo aos seus membros, como ilustra a imagem ao lado.
 	As setas mostram os vestígios de sangue no travesseiro, junto ao nariz, e no dedo indicador da mão esquerda, com a arma sob a mão. Esses vestígios de sangue demonstram que o corpo teve a sua posição original modificada, antes da operação das fotografias pelo perito. Essas modificações do posicionamento do corpo não foram relatadas no relatório de exame de local.

III) CONCLUSÕES:

III.1) Proposições determinantes:

a) Não foi mencionado no relatório de exame de local qualquer resultado de confronto balístico entre o projétil expelido por arma de fogo recolhido no local e as armas de fogo que se encontravam junto ao corpo. A ausência desse exame faz com que qualquer definição de utilização das armas recolhidas em uma possível autoeliminação de Nelson Bueno seja impossível.

Assim, é *determinante que, sem o exame de confronto balístico entre as armas e o projétil recolhido no local onde se encontrava morto Nelson Bueno, não é possível definir qual arma disparou o projétil que transfixou a cabeça de Nelson Bueno - se uma daquelas recolhidas no local - ou qualquer outra arma de fogo.* Essa constatação direciona a nossa análise para uma proposição também determinante e derivada desta primeira: como não é possível definir que arma expeliu o projétil que transfixou a cabeça de Nelson Bueno, a definição de quem atirou também está comprometida, pois tanto Nelson Bueno como qualquer outra pessoa poderia ter realizado o disparo. Resumindo: o elo entre a arma e o projétil não existe, pois não foi criado pela Polícia Técnica.

COMISSÃO NACIONAL DA VERDADE
Centro Cultural Banco do Brasil (CCBB) – 2º andar – Portaria 1
Setor de Clubes Sul – SCES – Trecho 2 Lote 22
70200-002 – Brasília-DF

Outro elo também necessário em um caso de autoeliminação não foi criado: o elo ligando Nelson Bueno à arma, que poderia ser o confronto de fragmentos papiloscópicos deixados na arma com as impressões digitais de Nelson Bueno, pois essa técnica era a única que se encontrava disponível à época.

Um terceiro elo, também necessário em análises de autoeliminações não existia na época e, portanto, não poderia ter sido utilizada: o confronto de perfil genético extraído de fragmentos de tecido aderidos ao projétil - ósseo e/ou cerebral - ou de sangue, com o perfil genético de Nelson Bueno, em um exame chamado de confronto de perfis genéticos ou confronto de DNA. Somente com esse exame é possível determinar que o projétil recolhido no local atingiu e transfixou a cabeça de Nelson Bueno. Como esse exame não existia na época, os dois outros elos - ligação da arma com Nelson Bueno por meio de confronto de fragmentos papiloscópicos e confronto balístico - teriam que estar presentes para definir que Nelson Bueno utilizou uma das armas que se encontravam sobre o seu corpo para realizar o disparo cujo projétil atingiu e transfixou a sua cabeça, o qual foi recolhido no local. Tais elos não existiram, o que impossibilita qualquer definição sobre o diagnóstico diferencial do evento que resultou na morte de Nelson Bueno - se suicídio ou homicídio.

Os diagramas abaixo permitem visualizar melhor o que foi descrito nessa alínea:

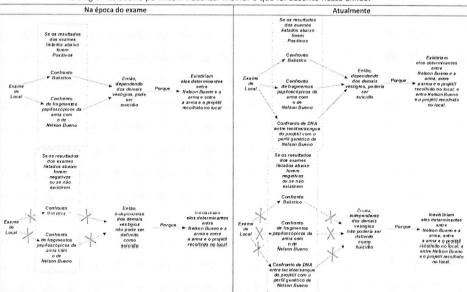

Observação: tanto em 1972, quanto atualmente, a ausência de confronto papiloscópico em locais de supostos suicídios não impediria a definição do diagnóstico diferencial do exame e a continuidade da análise, exatamente porque é muito pequeno o número de fragmentos papiloscópicos recuperados em armas de fogo, que possibilitam confronto. Isso não ocorreria com o confronto balístico, cuja ausência impediria a formação do diagnóstico diferencial do exame - se suicídio ou homicídio. Nos dias de hoje, além da ausência do confronto balístico, a ausência de elo entre projéteis e corpos de possíveis suicidas poderia ser elemento impeditivo da definição de diagnósticos diferenciais em locais de supostos suicídios.

Folha nº 8

COMISSÃO NACIONAL DA VERDADE
Centro Cultural Banco do Brasil (CCBB) – 2º andar – Portaria 1
Setor de Clubes Sul – SCES – Trecho 2 Lote 22
70200-002 – Brasília-DF

Da análise acima, deriva a seguinte proposição determinante: *não é possível afirmar que Nelson Bueno se autoeliminou (ou cometeu suicídio). Qualquer afirmação feita nesse sentido é desprovida de fundamentação material, pois não foi realizado confronto balístico capaz de ligar as armas recolhidas no local com o projétil recolhido durante os exames;*

b) no local, existiam vestígios que caracterizavam que Nelson Bueno foi ferido quando se encontrava sobre a cama. Porém, considerando o que foi proposto no subitem II.2, a sua posição, quando foi atingido teria que ser mais elevada do que a encontrada e sua cabeça deveria estar próxima à parede e em um nível superior ao da marca de impacto descrita naquele subitem. Essa análise determina que Nelson Bueno deveria estar sentado (ou em posição próxima desta), quando foi atingido pelo projétil expelido por arma de fogo que transfixou a sua cabeça e produziu a marca de impacto na parede;

c) como foi encontrado deitado, com a colcha que o cobria acomodada no seu corpo e com as armas junto as suas mãos, em posição diferente daquela citada acima, é possível determinar que, após receber o impacto do projétil expelido por arma de fogo que transfixou o seu corpo, provavelmente já morto, tanto o corpo, como as armas e a colcha, foram acomodados sobre Nelson Bueno, em uma tentativa de tornar o evento mais compatível com aquele citado na Requisição de Exame Necroscópico;

d) de acordo com as proposições anteriores e analisando os vestígios observados nas imagens encaminhadas e nos documentos técnicos analisados, é possível determinar que o local examinado apresenta características daquelas observadas em locais de homicídio, diferentemente do que foi lançado na requisição de exame necroscópico; e

e) é determinante, também, que não houve (ou não foi descrito e fotografado) qualquer arrombamento produzido na porta de acesso ao cômodo. De fato, o arrombamento é um procedimento comum verificado em locais de suicídio, quando o autor do suicídio se encontra em um cômodo fechado, como no caso em exame. É possível, inclusive, visualizar, na imagem abaixo, a chave de acesso ao cômodo na face externa da porta, caracterizando a abertura não forçada da porta, pelo seu exterior.

Folha nº 9

COMISSÃO NACIONAL DA VERDADE
Centro Cultural Banco do Brasil (CCBB) – 2º andar – Portaria 1
Setor de Clubes Sul – SCES – Trecho 2 Lote 22
70200-002 – Brasília-DF

III.2) Proposições sugestivas

a) existiam no forro do teto duas perfurações produzidas por passagem de projéteis expelidos por arma(s) de fogo, conforme relata o perito responsável pelo exame de local. Essas perfurações eram compatíveis com disparos efetuados de baixo para cima e perpendicular ao forro. Apesar de não existirem relatos sobre o posicionamento dessas perfurações em relação ao corpo de Nelson Bueno, a coincidência da existência de duas regiões na face externa da colcha, com sinais de esfumaçamento, nos levam a sugerir que os disparos realizados contra a face externa da colcha foram direcionados para o teto e seus projéteis foram aqueles que atingiram o forro, produzindo as perfurações ali verificadas e descritas no relatório de exame de local;

b) no relatório de exame de local, é possível observar que são citados eventos que refletem exatamente a ocorrência de cinco disparos na área examinada, assim localizados:

1 - **dois** que produziram as perfurações no forro do teto;
2 - **um** que transfixou a cabeça de Nelson Bueno;
3 - **um** que atingiu o guarda-roupa, podendo ter arrancado a lasca citada no relatório; e
4 - **um** que atingiu a face interna de uma das portas do cômodo examinado.

Esse número de eventos - em número de cinco - coincide exatamente com o número de estojos picotados das duas armas - quatro no revólver de calibre .38 e uma no revólver de calibre .32 -, que, em teoria, teriam sido utilizados no evento que resultou na morte de Nelson Bueno. Ressalte-se, ainda, que os referidos disparos guardavam convergência quanto as suas origens - área próxima à cabeceira da cama.

Essa coincidência exata, aliada com as demais proposições apresentadas no contexto dessa análise, levam os peritos a sugerirem que, inicialmente, o local em que morreu Nelson Bueno foi preparado para parecer um local de "resistência à prisão, com disparos efetuados por Nelson Bueno". Após, principalmente o corpo, a colcha e as armas foram ajustados, para que o local pudesse ser interpretado como de "suicídio", porém, os próprios vestígios existentes - notadamente impactos e as perfurações produzidas por projéteis expelidos por arma(s) - inviabilizam que o local seja interpretado como de suicídio.

A realização dessas alterações pode justificar a grande demora em realizar os exames periciais de local e de necropsia, conforme consta nos documentos examinados. Segundo esses documentos a morte ocorreu no dia 03/09/1972, a requisição de exame necroscópico foi feito no dia 04/09/1972, o exame de local foi feito na noite do dia 04/09/1972 e o exame necroscópico foi procedido apenas na manhã do dia 05/09/1972.

IV) CONSIDERAÇÕES FINAIS:

Apesar de ter sido possível elaborar proposições nessa análise pericial que estudou o evento que resultou na morte de pessoa apresentada como Nelson Bueno, foram observadas as seguintes *inconsistências técnicas* que impediram a confecção de novas proposições:

- não foram recolhidos outros quatro projéteis expelidos por arma(s) de fogo que deveriam estar no local examinado. Esses projéteis, se recolhidos, poderiam caracterizar a utilização de outras armas no evento que resultou na morte de Nelson Bueno;

COMISSÃO NACIONAL DA VERDADE
Centro Cultural Banco do Brasil (CCBB) – 2º andar – Portaria 1
Setor de Clubes Sul – SCES – Trecho 2 Lote 22
70200-002 – Brasília-DF

- não foram anexadas chapas fotográficas detalhadas das mãos de Nelson Bueno, o que poderia tornar mais claro a ocorrência de manchas de sangue naquelas regiões corporais e melhor ilustrar os posicionamentos das armas que se encontram no local;

- descrições incompletas das feridas do Laudo Cadavérico, principalmente na ferida denominada como ferida de entrada, onde deveriam ter sido citadas características básicas encontradas no caso de disparos realizados com a extremidade livre do cano da arma ("boca do cano") encostada no anteparo ou a curta distância, como "câmara de mina de Hoffmann"[3], "sinal de Benassi"[4], "sinal de Pupe-Werkgaetner"[5] ou as presenças de zonas de queimadura e esfumaçamento;

- falta de detalhamento dos vestígios observados nas vestes, na colcha e no forro da cama, principalmente das manchas de sangue, o que poderia ajudar a melhor ilustrar a dinâmica da morte de Nelson Bueno;

- não foram citadas as cadeias de domínio das armas de fogo que se encontravam com Nelson Bueno, uma vez que esse rastreamento poderia indicar a quem pertencia e se já se encontravam envolvidas em outras situações delituosas; e

- estranhamente foi feito um relatório de exame de local em substituição à peça comumente expedida por peritos oficiais, no caso laudos periciais. Esse relatório foi feito e não apresentou qualquer conclusão que pudesse caracterizar o diagnóstico diferencial do evento - se homicídio, suicídio ou acidente. Quando não são lançadas conclusões, seja no relatório ou no laudo pericial, deixam-se abertas lacunas que muitas vezes não refletem o que exatamente ocorreu, tornando possível o registro de históricos que absolutamente não condizem com os vestígios materiais existentes no local de crime.

Dessa forma, é encerrada a presente análise, composta por 11 (onze) folhas, que formulada, lida e achada conforme pelos peritos criminais Celso Nenevê, Pedro Luiz Lemos Cunha e Mauro José Oliveira Yared segue devidamente assinada.

Celso Nenevê
Perito Criminal

Pedro Luiz Lemos Cunha
Perito Criminal

Mauro José Oliveira Yared
Perito Criminal

---

[3] - Câmara de mina de *Hofmann*: em situações em que o disparo ocorre encostado contra o alvo que recobre placa óssea, os gases liberados no disparo transpõem o tecido e, ao atingirem o anteparo ósseo, descolam lateralmente o tecido e refluem com violência, resultando no "estrelamento" e eversão das bordas da pele. Este processo é denominado Câmara de Mina de *Hofmann*. A velocidade dos gases que impulsionam o projétil é de 1,5 a 2 vezes maior que a velocidade do projétil. Quando de um disparo encostado contra uma superfície que recobre uma placa óssea, esses gases penetram na lesão e ficam retidos pelo projétil, enquanto este perfura a placa óssea e acabam por expandirem-se lateralmente entre o tecido e essa placa, descolando a pele formando uma área inflada, cheia de gases, os quais ao refluirem, acabam por lacerar o tecido em formato estrelado, com os bordos denteados, irregulares e muitas vezes voltadas para o exterior. A lesão geralmente apresenta-se enegrecida pelo depósito de fuligem oriundo da queima do propelente.

[4] - Sinal de Benassi: é o depósito de fumaça (esfumaçamento) no plano ósseo, ao redor e no orifício de entrada, que ocorre quando dos disparos com a extremidade do cano da arma (boca) encostada na pele, que revista uma placa óssea. É muito útil, quando as partes moles se acham em putrefação ou não existem, para identificar lesões de entrada com o cano encostado no alvo.

[5] - Sinal de Werkgaetner: o professor Genival Veloso de França (1995:377) enfatiza que "*Os tiros encostados ainda permitem deixar impresso o desenho da "boca" e da alça de mira na pele através de um halo de tatuagem e esfumaçamento conhecido como sinal de Werkgaetner.*"
É a lesão de queimadura, produzida pelo cano da arma ainda quente, ao ponto de imprimir na pele da vítima a marca circular do cano e, em alguns casos, marcas de outras características de que a arma dispõe, como por exemplo da massa de mira, guia da mola real, parte frontal da armação nas pistolas, visto que o esfumaçamento, dependendo do tipo e características do propelente usado, pode não ser bem notado pelo Perito. Ressalte-se que o meio de produção deste sinal é diferente daquele que produz a zona de chama, ou seja, esta é produzida pela chama proveniente da alta temperatura dos gases quando de sua expansão, ao passo que o sinal de Werkgaetner é fruto do contato da pele com o cano (da arma) aquecido.

Mortos e desaparecidos na ditadura militar

Abelardo Rausch Alcântara, Abílio Clemente Filho, Adauto Freire da Cruz, Aderval Alves Coqueiro, Adriano Fonseca Filho, Afonso Henrique Martins Saldanha, Aides Dias de Carvalho, Albertino José de Oliveira, Alberto Aleixo, Alceri Maria Gomes da Silva, Aldo de Sá Brito Souza Neto, Alex de Paula Xavier Pereira, Alexander José Ibsen Voerões, Alexandre Vannucchi Leme, Alfeu de Alcântara Monteiro, Almir Custódio de Lima, Aluísio Palhano Pedreira Ferreira, Alvino Ferreira Felipe, Amaro Félix Pereira, Amaro Luiz de Carvalho, Ana Maria Nacinovic Corrêa, Ana Rosa Kucinski Silva, Anatália de Souza Melo Alves, André Grabois, Ângelo Arroyo, Ângelo Cardoso da Silva, Ângelo Pezzuti da Silva, Antogildo Pascoal Viana, Antônio Alfredo de Lima, Antônio Araújo Veloso, Antônio Bem Cardoso, Antônio Benetazzo, Antônio Carlos Bicalho Lana, Antônio Carlos Monteiro Teixeira, Antônio Carlos Nogueira Cabral, Antônio Carlos Silveira Alves, Antônio de Pádua Costa, Antônio dos Três Reis de Oliveira, Antônio Ferreira Pinto, Antônio Guilherme Ribeiro Ribas, Antônio Henrique Pereira Neto, Antônio Joaquim de Souza Machado, Antônio José dos Reis, Antonio Luciano Pregoni, Antônio Marcos Pinto de Oliveira, Antônio Raymundo Lucena, Antônio Sérgio de Mattos, Antônio Teodoro de Castro, Ari de Oliveira Mendes Cunha, Ari da Rocha Miranda, Ari Lopes Macedo, Arildo Valadão, Armando Teixeira Fructuoso, Arnaldo Cardoso Rocha, Arno Preis, Ary Abreu Lima da Rosa, Ary Cabrera Prates, Augusto Soares da Cunha, Áurea Eliza Pereira Valadão, Aurora Maria Nascimento Furtado, Avelmar Moreira de Barros, Aylton Adalberto Mortati, Batista, Benedito Gonçalves, Benedito Pereira Serra, Bergson Gurjão Farias, Bernardino

Saraiva, Boanerges de Souza Massa, Caiupy Alves de Castro, Carlos Alberto Soares de Freitas, Carlos Antunes da Silva, Carlos Eduardo Pires Fleury, Carlos Lamarca, Carlos Marighella, Carlos Nicolau Danielli, Carlos Roberto Zanirato, Carlos Schirmer, Carmem Jacomini, Cassimiro Luiz de Freitas, Catarina Helena Abi-Eçab, Célio Augusto Guedes, Celso Gilberto de Oliveira, Chael Charles Schreier, Cilon da Cunha Brum, Ciro Flávio Salazar Oliveira, Cloves Dias Amorim, Custódio Saraiva Neto, Daniel José de Carvalho, Daniel Ribeiro Callado, Darcy José dos Santos Mariante, Davi Eduardo Chab Tarab Baabour, David Capistrano da Costa, David de Souza Meira, Dênis Casemiro, Dermeval da Silva Pereira, Devanir José de Carvalho, Dilermano Mello do Nascimento, Dimas Antônio Casemiro, Dinaelza Soares Santana Coqueiro, Dinalva Oliveira Teixeira, Divino Ferreira de Souza, Divo Fernandes D'Oliveira, Djalma Maranhão, Dorival Ferreira, Durvalino Porfírio de Souza, Edgar Aquino Duarte, Edmur Péricles Camargo, Edson Luiz Lima Souto, Edson Neves Quaresma, Edu Barreto Leite, Eduardo Antônio da Fonseca, Eduardo Collen Leite, Eduardo Collier Filho, Eduardo Gonzalo Escabosa, Eiraldo Palha Freire, Eliane Martins, Elmo Corrêa, Elson Costa, Elvaristo Alves da Silva, Emmanuel Bezerra dos Santos, Enrique Ernesto Ruggia, Epaminondas Gomes de Oliveira, Eremias Delizoicov, Esmeraldina Carvalho Cunha, Eudaldo Gomes da Silva, Evaldo Luiz Ferreira de Souza, Ezequias Bezerra da Rocha, Feliciano Eugênio Neto, Félix Escobar, Fernando Augusto da Fonseca, Fernando Augusto de Santa Cruz Oliveira, Fernando Borges de Paula Ferreira, Fernando da Silva Lembo, Flávio Carvalho Molina, Francisco das Chagas Pereira, Francisco Emanoel Penteado, Francisco José de Oliveira, Francisco Manoel Chaves, Francisco Seiko Okama, Francisco Tenório Júnior, Frederico Eduardo Mayr, Gastone Lúcia Carvalho Beltrão, Gelson Reicher, Geraldo Bernardo da Silva, Geraldo da Rocha Gualberto, Gerardo Magela Fernandes Torres da Costa, Gerosina Silva Pereira, Gerson Theodoro de Oliveira, Getúlio de Oliveira Cabral, Gilberto Olímpio Maria, Gildo Macedo Lacerda, Gilson Miranda, Grenaldo de Jesus da Silva, Guido Leão,

Guilherme Gomes Lund, Gustavo Buarque Schiller, Hamilton Fernando da Cunha, Hamilton Pereira Damasceno, Helber José Gomes Goulart, Hélcio Pereira Fortes, Helenira Rezende de Souza Nazareth, Heleny Telles Ferreira Guariba, Hélio Luiz Navarro de Magalhães, Henrique Cintra Ferreira de Ornellas, Higino João Pio, Hiram de Lima Pereira, Hiroaki Torigoe, Honestino Monteiro Guimarães, Horácio Domingo Campiglia, Iara Iavelberg, Ishiro Nagami, Idalísio Soares Aranha Filho, Ieda Santos Delgado, Inocêncio Pereira Alves, Íris Amaral, Ísis Dias de Oliveira, Ismael Silva de Jesus, Israel Tavares Roque, Issami Nakamura Okano, Itair José Veloso, Iuri Xavier Pereira, Ivan Mota Dias, Ivan Rocha Aguiar, Jaime Petit da Silva, James Allen Luz, Jana Moroni Barroso, Jane Vanini, Jarbas Pereira Marques, Jayme Amorim Miranda, Jean Henri Raya Ribard, Jeová Assis Gomes, João Alfredo Dias, João Antônio Santos Abi-Eçab, João Barcellos Martins, João Baptista Franco Drumond, João Batista Rita, João Belchior Marques Goulart, João Bosco Penido Burnier, João Carlos Cavalcanti Reis, João Carlos Haas Sobrinho, João de Carvalho Barros, João Domingues da Silva, João Gualberto Calatrone, João Leonardo da Silva Rocha, João Lucas Alves, João Massena Melo, João Mendes Araújo, João Pedro Teixeira, João Roberto Borges de Souza, João Ximenes de Andrade, Joaquim Alencar de Seixas, Joaquim Câmara Ferreira, Joaquim Pires Cerveira, Joaquinzão, Joel José de Carvalho, Joel Vasconcelos Santos, Joelson Crispim, Jonas José de Albuquerque Barros, Jorge Alberto Basso, Jorge Aprígio de Paula, Jorge Leal Gonçalves Pereira, Jorge Oscar Adur, José Bartolomeu Rodrigues de Souza, José Campos Barreto, José Carlos da Costa, José Carlos Novaes da Mata Machado, José Dalmo Guimarães Lins, José de Lima Piauhy Dourado, José de Oliveira, José de Souza, José Ferreira de Almeida, José Gomes Teixeira, José Guimarães, José Huberto Bronca, José Idésio Brianezi, José Inocêncio Barreto, José Isabel do Nascimento, José Jobim, José Júlio de Araújo, José Lavecchia, José Manoel da Silva, José Maria Ferreira Araújo, José Maurílio Patrício, José Maximino de Andrade Netto, José Mendes de Sá Roriz, José Milton Barbosa, José Montenegro de Lima, José

Nobre Parente, José Porfírio de Souza, José Raimundo da Costa, José Roberto Arantes de Almeida, José Roberto Spiegner, José Roman, José Sabino, José Silton Pinheiro, José Soares dos Santos, José Toledo de Oliveira, José Wilson Lessa Sabbag, Juan Antônio Carrasco Forrastal, Juarez Guimarães de Brito, Juarez Rodrigues Coelho, Juvelino Andrés Carneiro da Fontoura Gularte, Kleber Lemos da Silva, Labibe Elias Abduch, Lauriberto José Reyes, Leopoldo Chiapetti, Líbero Giancarlo Castiglia, Lígia Maria Salgado Nóbrega, Liliana Ines Goldenberg, Lincoln Bicalho Roque, Lincoln Cordeiro Oest, Lorenzo Ismael Viñas, Lourdes Maria Wanderley Pontes, Lourenço Camelo de Mesquita, Lourival de Moura Paulino, Lúcia Maria de Souza, Lucimar Brandão Guimarães, Lucindo Costa, Lúcio Petit da Silva, Luís Alberto Andrade de Sá e Benevides, Luís Paulo da Cruz Nunes, Luiz Affonso Miranda da Costa Rodrigues, Luiz Almeida Araújo, Luiz Antônio Santa Bárbara, Luiz Carlos de Almeida, Luiz Carlos Augusto, Luiz Eduardo da Rocha Merlino, Luiz Eurico Tejera Lisbôa, Luiz Fogaça Balboni, Luiz Ghilardini, Luiz Gonzaga dos Santos, Luiz Hirata, Luiz Ignácio Maranhão Filho, Luiz José da Cunha, Luiz Renato do Lago Faria, Luiz Renato Pires de Almeida, Luiz René Silveira e Silva, Luiz Vieira, Luíza Augusta Garlippe, Lyda Monteiro da Silva, Manoel Aleixo da Silva, Manoel Custódio Martins, Manoel Fiel Filho, Manoel José Nurchis, Manoel Lisboa de Moura, Manoel Raimundo Soares, Manoel Rodrigues Ferreira, Manuel Alves de Oliveira, Manuel José Nunes Mendes de Abreu, Márcio Beck Machado, Marco Antônio Braz de Carvalho, Marco Antônio Dias Baptista, Marcos Antônio da Silva Lima, Marcos Basílio Arocena da Silva Guimarães, Marcos José de Lima, Marcos Nonato da Fonseca, Margarida Maria Alves, Maria Ângela Ribeiro, Maria Augusta Thomaz, Maria Auxiliadora Lara Barcellos, Maria Célia Corrêa, Maria Lúcia Petit da Silva, Maria Regina Lobo Leite de Figueiredo, Maria Regina Marcondes Pinto, Mariano Joaquim da Silva, Marilena Villas Boas Pinto, Mário Alves de Souza Vieira, Mário de Souza Prata, Massafumi Yoshinaga, Maurício Grabois, Maurício Guilherme da Silveira, Merival Araújo, Miguel Pereira dos Santos, Miguel Sabat

Nuet, Milton Soares de Castro, Míriam Lopes Verbena, Monica Suzana Pinus de Binstock, Napoleão Felipe Biscaldi, Nativo Natividade de Oliveira, Neide Alves dos Santos, Nelson José de Almeida, Nelson de Souza Kohl, Nelson Lima Piauhy Dourado, Nestor Vera, Newton Eduardo de Oliveira, Nilda Carvalho Cunha, Nilton Rosa da Silva, Norberto Armando Habegger, Norberto Nehring, Odair José Brunocilla, Odijas Carvalho de Souza, Olavo Hansen, Onofre Ilha Dornelles, Onofre Pinto, Orlando da Silva Rosa Bomfim Júnior, Orlando Momente, Ornalino Cândido da Silva, Orocílio Martins Gonçalves, Osvaldo Orlando da Costa, Otávio Soares Ferreira da Cunha, Otoniel Campos Barreto, Paschoal Souza Lima, Pauline Philipe Reichstul, Paulo César Botelho Massa, Paulo Costa Ribeiro Bastos, Paulo de Tarso Celestino da Silva, Paulo Guerra Tavares, Paulo Mendes Rodrigues, Paulo Roberto Pereira Marques, Paulo Stuart Wrigth, Paulo Torres Gonçalves, Pedro Carretel, Pedro Alexandrino de Oliveira Filho, Pedro Domiense de Oliveira, Pedro Inácio de Araújo, Pedro Jerônimo de Sousa, Pedro Ventura Felipe de Araújo Pomar, Péricles Gusmão Régis, Raimundo Eduardo da Silva, Raimundo Ferreira Lima, Raimundo Gonçalves Figueiredo, Raimundo Nonato Paz, Ramires Maranhão do Valle, Ranúsia Alves Rodrigues, Raul Amaro Nin Ferreira, Reinaldo Silveira Pimenta, Roberto Adolfo Val Cazorla, Roberto Cietto, Roberto Macarini, Roberto Rascado Rodriguez, Rodolfo de Carvalho Troiano, Ronaldo Mouth Queiroz, Rosalindo Souza, Rubens Beirodt Paiva, Rui Osvaldo Aguiar Pfützenreuter, Ruy Carlos Vieira Berbert, Ruy Frazão Soares, Sabino Alves da Silva, Santo Dias da Silva, Sebastião Gomes dos Santos, Sebastião Tomé da Silva, Sérgio Fernando Tula Silberberg, Sérgio Landulfo Furtado, Sérgio Roberto Corrêa, Severino Elias de Melo, Severino Viana Colou, Sidney Fix Marques dos Santos, Silvano Soares dos Santos, Solange Lourenço Gomes, Soledad Barret Viedma, Sônia Maria Lopes de Moraes Angel Jones, Stuart Edgar Angel Jones, Suely Yumiko Kanayama, Sylvio de Vasconcellos, Telma Regina Cordeiro Corrêa, Therezinha Viana de Assis, Thomaz Antônio da Silva Meirelles Neto, Tito de Alencar Lima, Tobias Pereira Júnior,

Túlio Roberto Cardoso Quintiliano, Uirassu de Assis Batista, Umberto de Albuquerque Câmara Neto, Valdir Salles Saboya, Vandick Reidner Pereira Coqueiro, Virgílio Gomes da Silva, Vitor Carlos Ramos, Vitorino Alves Moitinho, Vladimir Herzog, Walkíria Afonso Costa, Walter de Souza Ribeiro, Walter Kenneth Nelson Fleury, Walter Ribeiro Novaes, Wânio José de Mattos, Wilson Silva, Wilson Souza Pinheiro, Wilton Ferreira, Yoshitane Fujimori, Zoé Lucas de Brito Filho, Zuleika Angel Jones.

Este livro foi confeccionado especialmente
para a Editora Meridional Ltda.,
em Utopia Std, 10,5/14 e
impresso na Gráfica Odisséia.